밤의 가스파르

밤의 가스파르

명학수 소설

교유서가

차례

손님
007

밤의 가스파르
041

손님

간호사가 진료실의 문을 열고 나와 이름을 부르자 해미가 몸을 일으켰다. 간호사는 들어오시라는 말만 남기고 안으로 들어갔다. 해미는 가만히 서 있었다. 내가 안 가느냐고 물었더니 그녀는 도로 앉았다. 해미는 다소 의아스러운 눈빛으로 자신을 바라보는 나를 향해 고개를 돌렸다. 그리고 오래전 가지에서 떨어져 외형만 겨우 남은 낙엽 같은 목소리로 말했다.

"나, 임신이래."

그녀의 입에서 나온 그 생경한 낱말의 의미를 제대로 새기기도 전에 해미는 내 눈 앞에 손가락 다섯 개와

검지 한 개를 펼쳤다.

"6주."

해미는 일어섰다. 그녀는 어둡고 긴 복도에 나만 남겨두고 정신건강의학과 제2진료실로 들어갔다.

나는 복도를 빠져나와 에스컬레이터를 탔다. 해미가 진료를 마치고 나오려면 2, 30분은 걸린다. 평소에 나는 지하 1층에 들러 휴게실에 설치된 자동판매기에서 봉봉 포도주스 한 캔을 뽑아들고, 지상 1층의 외래 병동 건물 바깥으로 나가 다양한 꽃들을 심어놓은 화단과 바로 옆에서 그걸 감상할 수 있는 하얀 벤치가 설치된 휴게 공간에서 해미를 기다렸다. 다른 곳에 가본 적은 없다. 그럴 필요가 없었으니까. 하지만, 머릿속이 온통 임신 6주라는 네 글자의 소란으로 가득차 있던 나는 지하 2층에서 에스컬레이터를 타고 지하 1층을 그냥 지나쳐 지상 1층에 도착했다. 자칫 그대로 꼭대기까지 올라갈 수도 있었지만 다행히 에스컬레이터는 거기까지였다. 나는 1층 로비를 배회하다 병원 안내도 앞에서 멈춰 섰다. 찾으려 애쓰지 않았는데도 그곳이 저절로 눈에 들어왔다. 산부인과. 본관 4층. 본관? 이 건물이 본관이었나? 벽에 걸린 안내도만으로는 알 수 없어 경찰복과 유사한 유니폼을 착용한 직원에게 여기가 본관이냐고 물었더니, 그는 굳은 표정으로 고개를 젓고는 손을 들어 어딘가를 가리켰다. 그러자 그의 손가락 끝에서 '본관'이라는 검정색 고딕체의 두 글자와 붉은 화살표가 모습을 드러냈다. 나는 화살표의 지시에 따라 길게 이어진 통로를 걷고 또 걸어서 별관 로비보다 더 넓고 천장이 높은 공간에 도달했다. 사방으로 뻗어나가는 복도와 계단을 통해 수많은 사람들이 다급하게 오갔는데, 그들이 주고받는 불안과 초조에 비해 소음이 거의 없어서 비현실적인 느낌마저 들었다. 나는 4층으로 가기 위해 걸음을 옮기다 남자 노인과 여자 노인이 서로 손을 꼭 붙들고 에스컬레이터에 조심스레 발을 올려놓는 모습을 발견하고는 걸음을 멈췄다. 나는 위로 올라가는 두 노인의 뒷모습을 바라보며 내가 바보짓을 하고 있음을 깨달았다. 산부인과라니. 거길 가서 뭣 하려고. 나는 돌아서서 로비의 한복판을 지나 나의 신경망처럼 복잡하게 뒤엉킨 기나긴 미로 속으로 걸어갔다.

해미를 따라 처음 이 병원에 왔을 때, 나는 해미에게 굳이 이렇게 크고 복잡한 병원이어야 하느냐고 물었었다. 해미는 내게 말했다.

"병원이 중요한 게 아니고 의사 선생님이 중요해."

"그니까. 왜 꼭 그 선생님이어야 하는데?"

"우리는, 궁합이 꽤 잘 맞거든."

"궁합? 사귀냐?"

"아니, 그보다 더 심오한 관계라고 할 수 있지."

해미는 고등학교에 다니던 내내 우울과 불안과 자괴감에 시달렸다. 하지만 그건 해미 또래의 친구들 대부분이 갖고 있던 증세여서 입시가 끝나면 저절로 없어질 거라 여겼다. 하지만 본인의 바람대로 문예창작과에 성공적으로 진학했음에도 해미의 증상은 오히려 심해졌다. 그해 가을이 끝나갈 무렵, 해미는 아버지와 말다툼을 하다 뺨을 맞았다. 고막파열이 의심될 만큼 충격이 컸지만 눈물은 한 방울도 나오지 않았다고 해미는 내게 말했다. 해미는 혼을 거의 상실한 상태로 자신의 방에 틀어박혔고, 다음날 저녁에 그녀의 엄마가 망치로 문손잡이를 때려부수고 방문을 열었을 때, 해미는 누더기가 된 이불로 몸을 가린 채 손으로 가위만 만

지작거리고 있었다. 방안은 난장판이었다. 모든 책과 공책들이 손으로 집기도 어려울 만큼 작은 조각으로 찢긴 채 사방에 흩어져 있었고, 옷과 이불과 커튼 들은 마치 칼로 난도질을 한 듯 가위로 잘려 있었다. 해미의 엄마는 즉시 해미를 병원에 입원시켰는데, 그 조치는 치료보다 아버지와 분리시키려는 목적이 컸고, 그 부분에서 해미도 동의했지만, 그러다보니 해미의 정신적 내상이 어느 정도인지 파악하고 치유를 하는 데에는 조금도 도움이 되지 않았다. 그후 7년이 지난 지금까지 해미는 열세 명의 정신과 전문의를 경험했다. 그들은 우는 아이의 입에 사탕을 물려주듯 공식처럼 정해진 약물만 처방했고, 형식적인 질문과 짧게 요약된 환자의 응답으로 진료 차트를 채우기에만 급급했다. 간혹 성의를 보이는 의사도 있었지만 소위 '궁합'이 안 맞은 탓이었는지 진료는 오래 이어지지 못했다. 다행히 2년 전에 용인에서 현재의 의사를 만난 뒤부터 해미의 마음은 조금씩 균형을 잡았고 적합한 약도 찾을 수 있었다. 해미는 60대 초반의 여자인 그 의사를 '선생님'이라고 불렀는데 같은 여자라서 편하기도 했지만 무엇보다 자신의 말을 열심히 들어줘서 좋다고 했다. 진료를 시작하고 1년쯤 지나 용인에 있던 선생님이 현재의 종합병원으로 옮기면서 해미도 자연스레 따라왔고, 상태가 좋을 때는 월 1회, 그렇지 않을 때는 주 1회 진료를 받았는데 최근 몇 달 동안은 2주에 한 번씩 방문했다. 내가 호위 기사가 되어 해미와 함께 이 거대한 병원 건물을 드나든 지도 벌써 두 해가 가까웠다.

나는 정원으로 나가서 벤치에 앉아 휴대폰으로 '임신 6주'에 대해 검색했다. 임신 6주 차에 산모의 몸에 일어나는 여러 증상들에 대한 정보와 조언과 실제 경험담들이 창 위에 길게 나열되었고 아래로 한참을 내려가니 검색어와 연관된 이미지들이 떴다. 형체가 불분명한 작은 사진들을 군이 눌러서 살피지 않아도 그 안에 담긴 피사체가 뭔지 알 것 같았다. 나는 창을 닫고 휴대폰을 주머니에 넣었다. 사방에는 온통 꽃들이 화사했다. 크리산세멈 스노우랜드. 작은 팻말에 적힌 꽃의 이름은 판타지 속 고대왕국의 지명처럼 낯설었지만 생김새는 잡초처럼 익숙했다. 꽃송이들은 이제 막 정오를 지난 유월의 햇살을 향해 환호성을 질렀고, 벌 한 마리가 어디에 앉을지 고민하며 그 위를 날아다녔다.

나는 그 평화로운 정경을 바라보며 몇 시간 후에 연출자 앞에서 해야 할 나의 연기를 상상했다. 두 여자 사이에서 우왕좌왕 좌충우돌하다 발각되어 양쪽 모두에게 멱살을 잡힌 채 뻔뻔한 낯짝으로 나는 이렇게 내뱉어야 한다. 나는 너희 둘 다 사랑해, 너를 만날 때도, 또 너를 만날 때도 나는 늘 진심이었다고, 정말이야, 둘 다 사랑한다니까, 나를 믿어줘, 나는 너희를 사랑했을 뿐이야, 사랑에 빠진 것도 죄가 되니? TV에서 인기리에 방영중인 드라마에서 불륜을 저지르다 들통난 남자 주인공이 두 여자에게 변명처럼 하소연을 늘어놓아 전국의 모든 여성들로부터 온갖 욕을 먹었던 대사를 그대로 가져다 사용함으로써 관객들의 관심과 웃음을 한꺼번에 얻어내려는 얄팍한 수작에 내가 제물이 되는 장면이다. 연극의 제목마저 〈러브 펀치〉. 군복무를 마친 후에 부모의 필사적인 반대를 물리치고 연극판에 들어온 지 5년 만에 얻어낸 배역이다. 비록 주연도 아니고 연애의 다양한 면모를 보여주는 여러 군상들 중 한 캐릭터에 불과하지만 빈약한 내 이력서를 채우기에 부족함이 없으리라는 사실만으로도 절대 놓칠 수 없는 기회다. 나는 그동안 연습한 결과를 연출자와 작가 앞에서 보여주고 평가를 받아야 한다. 그 결과에 따라 자칫 배역을 놓칠 수도 있다. 이거 하고 싶어서 안달난 애들이 연습실 문 밖에서 백 미터쯤 줄 서 있다고 연출자는 틈만 나면 엄포를 놓았으니까. 하지만 좀처럼 감정이입이 되지 않았다. 현실의 '나'와 작품 속의 '나'가 달라도 너무 달랐다. 아무리 애를 써도 두 여자 사이에서 감정놀음을 하는 그 자식을 도무지 이해할 수 없었다. 그런데, 크리산세멈 스노우랜드 위를 맴도는 벌을 바라보며 나는 그 자식과 나 사이에 공통점이 있음을 깨달았다. 나도 그 자식과 마찬가지로 연애를 게임처럼 즐기기만 했다. 해미와 나는 동거를 하고 섹스를 하면서도 임신과 출산에 대해 대화를 나눈 적이 없다. 그런 건 우리의 관심사가 아니었다. 계획에도 없었고 예상도 하지 않았으니 그런 상황에 대한 지식이나 개념이 없는 건 당연했다. 우리는 단지 사랑을 했을 뿐인데 그 결과는 사랑과 너무도 거리가 멀었다. 더구나 출산은 끝이 아니라 시작이 아닌가. 지금까지와는 전혀 다른 인생의 시작. 내 입에서 저절로 대사가 흘러나왔다. 나는 해미를 사랑했을 뿐이야, 사랑에 빠진 것도 죄가 되니? 불현듯 떠올라 휴대폰을 꺼내 보니 해미가 진료실에 들어가고 30분이 훌쩍 지났다. 나는 외래병동 1층 로비로 달려갔다.

    열흘 전이었다. 새벽에 일어난 해미는 캐리어를 꺼내서 자신의 짐 중 일부를 담더니 엄마에게 가버렸다. 돌아오라는 엄마의 성화가 너무 심해서 어쩔 수 없다고 해미는 말했지만, 4년 전에 이혼을 하고 해미의 남동생도 따로 살게 되자 마침내 혼자가 되어 날아갈 듯 홀가분하다고 입버릇처럼 말했던 그녀의 엄마가 딸을 불러들였다는 게 믿기지도 않았고, 설사 그랬다 해도 순순히 따를 해미가 아니었으므로, 1년 넘게 이어지던 우리의 동거가 느닷없이 끝난 이유에 대해 나는 온갖 추측을 할 수 밖에 없었다. 별일 없었다면, 그러니까 그녀가 임신 6주라고 폭탄선언만 하지 않았다면, 이유가 뭔지 당장 실토하라고 졸라댔을 테지만, 이제는 그럴 필요가 없어졌다. 짐 싸기 며칠 전부터 잔뜩 침울해하고 과민하게 굴더니 그럴 만한 이유가 있었던 거다. 임신 사실을 확인하고 어찌할 바 모르다 일단 내 곁에서 달아났고, 산부인과에서 현재의 정확한 상태를 검진한 뒤 앞으로 진행될 상황에 대한 의학적 조언을 들었겠지. 아마. 아니 틀림없이 오늘도 자신의 몸에 일어난 극적인 변화에 대해 선생님과 상담을 하고 있을 테고. 선생님은 물었을 거다. 상대방 남자도 알고 있냐고. 그래. 알 것 같다. 그날 밤이다. 해미는 출판사에서 원고를 받아다 집에서 입력하고 편집해서 클라우드에 올리거나 이메일로 제출하는 방식으로 일을 하고 있었는데 한 달 동안 매달렸던 작업을 기한 내에 마쳐서 기분이 좋았고, 나도 서빙 아르바이트를 하던 주점에서 월급이 나와 만6천 원짜리 칠레산 와인 한 병을 사들고 집으로 돌아왔다. 해미의 엄마가 보내준 반찬과 해미가 만든 된장찌개로 저녁식사를 하고, 와인을 나눠 마시며 TV 드라마를 보다 한참 웃었고, 알 수 없는 행복감에 사로잡혀 입을 맞추다 자연스레 섹스로 이어졌다. 좋았다. 해미도 나도 서로를 간절하게 안았고, 두 번이나 했다. 같이 살면 당연히 횟수가 늘어날 거라고 기대했지만 사실은 그렇지 못했다. 우리의 경우 오히려 줄었다. 해미의 몸과 마음이 전보다 예민해져서 나도 덩달아 조심스러워진데다 해미가 복용중이던 약의 몇 가지 부작용 중 하나가 성욕 억제였다. 다행히 해미는 나의 좁은 원룸을 좋아했고 싱글 침대에서 둘이 부둥켜안고 잠들 수 있게 된 건 정신과적으로도 긍정적인 예후라고 받아들였다. 우리는 보통 1주일에 한 번, 때로는 2주일에 한 번 섹스를 했는데, 하루에 두 번 한 건 그날이 유일했다.

짐작대로 해미는 1층 로비에 놓인 긴 의자에 앉아서 약이 나오길 기다리고 있었다. 그녀는 두 마리의 고양이가 프린트된 에코백을 두 팔로 꼭 끌어안고 있었는데 그건 마치 아랫배를 보호하려는 자세처럼 보였다. 나의 시선을 느꼈는지 해미가 이쪽으로 고개를 돌렸다. 나를 발견한 그녀의 눈빛에 당혹감이 스쳤다. 내가 옆에 앉자 해미가 속삭였다.

"간 줄 알았어."

"가긴, 내가 어딜 가."

해미는 더이상 말이 없었다. 그간의 사정을 시시콜콜 늘어놓아야 맞는데 해미는 그러지 않았다. 나는 해미의 얼굴을 들여다보았다. 표정은 생각에 잠긴 듯 고요했지만 속눈썹 아래 가려진 그녀의 갈색 눈동자가 응시하는 건 분명 태풍의 한복판일 거였다. 나는 불안한 마음을 애써 감추며 해미가 먼저 말해주길 기다렸다. 하지만 시간이 갈수록 도리 없이 커져가는 근심을 견디지 못하고 성급하게 재촉을 하고 말았다.

"병원에 갔었어?"

병원에서 병원에 갔었느냐고 묻는 건 이상했지만 내가 말하는 병원이 어디를 가리키는지 해미가 모를 리 없었다. 해미는 흐린 시선을 멀리 던져둔 채 고개만 끄덕였다. 나는 침을 한번 삼킨 다음 또 물었다. 확실하냐고. 해미가 입만 움직여 대답했다.

"응. 확실해."

그리고 가장 먼저 확인해야 했던 걸 그제야 물었다.

"너는? 네 몸은 괜찮대?"

해미는 고개를 끄덕였다. 그것만으로는 정말 괜찮은지 알 수 없다. 해미는 힘들다는 내색을 잘 하지 않는다. 힘들다고 말로 내뱉고 나면 정말 힘들어져서 마음이 저절로 작아지고 안으로만 움츠러들다가 자신을 탓하며 내게 미안해하고 나까지 힘들게 했다는 사실 때문에 모질게 자책하며 결국 마음을 닫아버린다. 그걸 알기 때문에 해미는 웬만큼 힘들지 않고서는 힘들다고 입 밖에 내지 않는다. 나는 묻기를 멈추었다. 왜 병원에 혼자 갔느냐고, 진작 말했으면 나도 함께 갔을 텐

데, 어째서 혼자만 감당하려 드느냐고 다그치려던 말
도 도로 삼켰다. 우리의 대화는 이어지지 않았고 사방
은 고요했다. 전광판에서 호출하는 번호가 뜰 때마다
울리는 신호음과 누군가의 이름을 부르는 음성만이 간
헐적으로 들렸다. 많은 사람들이 무언가를 기다렸다.
다들 말은 하지 않았다. 할말은 많지만 속에 꾹꾹 누르
고 있는 표정들이었다. 해미와 내가 있는 곳이 병원이
어서 다행이었다. 우리만 힘든 게 아니었고 우리의 상
황이 유난스러워 보이지도 않았다. 보통 10분이면 나
오던 약이 오늘은 꽤 지체되는 것 같아 나는 무심코 중
얼거렸다.

"사람이 많아서 그런가, 오늘은 더 늦네."

그리고 해미에게 물었다.

"약은 그대로야? 달라지는 거 없어?"

해미는 가벼운 어조로 대답했다.

"오늘은 약 없어."

"없어? 왜?"

"나 약 안 먹은 지 벌써 1주일 넘었어. 티 안 나?"

나는 몸을 돌려서 해미의 얼굴을 들여다보았다. 해
미는 내 시선을 모른 체했다.

"그래도 돼? 괜찮아?"

"모르겠어. 뭔가 묘해. 느낌이 싸하기도 하고 멍한 거 같기도 하고, 폭풍 전야처럼 고요한데 뭐라 설명하기 힘든 느낌이랄까. 편한 건지, 무기력한 건지, 아직 잘 모르겠어."

"선생님은 뭐라고 하셔?"

"일단 지켜보기로 했어. 그래서 다음주에도 와야해."

그럼, 지금 우리가 기다리는 게 뭐냐고 물으려는데 어디선가 해미를 불렀다. 해미는 원무과 창구로 가서 직원이 건네준 A4 크기의 종이 한 장을 받아들고 그것을 들여다보았다. 나는 그게 뭐냐고 물었다.

"진단서. 산부인과에서 가져오래."

"진단서를? 왜?"

해미는 아무런 대답 없이, 내게는 보여주지도 않고, 종이를 정성스럽게 반으로 접어서 들고 있던 에코백에 넣고는 바깥으로 나가는 출입구를 향해 걸어갔다.

해미와 나는 병원 근처에 있는 해물 전문 식당으로 갔다. 진료가 끝나면 우리는 항상 그곳에서 연어덮밥을 먹었다. 그릇에 담긴 연어와 채소들의 색과 형태의 조화가 예뻐서 이미 인스타그램에서 소문난 맛집이었고, 음식의 맛과 향에 까다로운 해미도 연어의 살과 아보카도와 양파가 함께 입에서 씹힐 때의 식감을 좋아했다. 평소 우리가 밖에서 먹는 음식의 거의 두 배에 이르는 가격이었지만 겨우 한 달에 한두 번, 이 정도의 사치는 부려도 괜찮다고 우리는 서로에게 허락했다. 연어덮밥이 앞에 놓였다. 요리사는 자신의 미의식을 과시하듯 연어의 붉은 살 위에 슬라이스한 아보카도와 푸른 무순 한줌과 둥글고 새하얀 양파 몇 점을 멋스럽게 올려놓았다. 내가 휴대폰을 꺼내 사진을 찍으려는데 해미가 코를 덮밥 가까이로 가져갔다가 황급히 고개를 들더니 미간을 찌푸렸다.

"양파에서 군내가 나는 것 같아."

나는 덮밥에 코를 대고 냄새를 맡다가 얇게 썰린 양파 한 조각을 젓가락으로 집어 입에 넣었다. 괜찮았다. 한 조각을 더 먹었다. 역시 괜찮았다. 해미는 요리사가 신중하게 배치한 무순과 양파의 조화를 깨뜨리지 않으려 젓가락을 조심스럽게 움직여서 연어 한 점을 집어 코로 가져갔다가 붉은 살이 코끝에 닿기도 전에 화들

짝 놀라 던지듯 내려놓았다. 해미는 고개를 세차게 흔들었다. 나는 연어의 냄새를 맡아보고 별 이상이 없는 것 같아 한 점을 입에 넣었다. 연어의 살은 부드럽고 신선했다. 해미는 젓가락을 내려놓았다.

"나 사실 어제도 아무것도 못 먹었어. 엄마가 집에서 뭔가를 종일 볶고 끓이는데 냄새가 너무 역겨워서 견딜 수가 없었어."

"그럼 어제부터 지금까지 아무것도 안 먹었단 말이야?"

해미는 고개를 끄덕였다. 나는 다른 거라도 시켜보자며 메뉴판을 펼쳤지만 해미는 먹고 싶은 게 없다며 물만 들이켰고 자기는 괜찮으니 나라도 먹으라고 했다. 하지만 그럴 수는 없었다. 해미는 앞에 놓인 두 개의 덮밥을 바라보다 휴대폰 카메라로 찍었다. 그리고 미련이 남은 듯 고개를 숙여 다시 냄새를 맡더니 이내 손사래를 쳤다. 우리는 식당에서 나왔다. 계산을 하며 점원에게 우리의 사정을 설명하고 양해를 구했다. 점원은 포장이라도 하시라고 권했지만 사양했다. 나는 집이 아니라 극단 연습실로 가야 했고 냄새를 못 견디는 해미의 손에 들려 보낼 수는 없었다.

우리는 다른 음식을 찾아 근처를 돌아다녔다. 하지만 해미는 연신 고개를 저었다. 평소에 그럭저럭 먹던 것들도 모두 싫다고 했다. 비빔밥, 김밥, 돈가스, 만둣국, 햄버거, 스파게티, 바지락칼국수, 냉면, 콩국수. 나는 당황하지 않았다. 해미와 함께 다니다보면 종종 있는 일이었고, 더구나 해미의 몸은 평소와 달랐으니까. 하지만 유월 중순의 오후는 뜨거웠다. 식당에서 발길을 돌리는 횟수가 늘어날수록 땀을 흘리며 힘겨워하던 해미는 급기야 내게 이렇게 말했다.

"너 배고프지? 우리 그냥 여기서 헤어지자. 내가 없어야 너라도 편히 먹지."

내가 자기를 그냥 보내고 혼자 편하게 식사할 수는 없다는 걸 알면서도 해미는 그렇게 말을 했다. 그건 그녀의 마음이 통제력을 잃어가는 조짐이었다. 참깨죽이라도 먹어보려 들어간 죽 전문점에서 해미는 실내에 떠도는 음식 냄새 때문에 구역질을 하며 도망치듯 빠져나왔다. 해미는 신음을 토했다.

"나 왜 이래? 이거, 입덧이야?"

해미는 차도와 인도 사이의 경계석에서 오도 가도

못하고 주저앉아 매몰차게 내뱉었다.

"나 괜찮아. 나는 아무렇지 않으니까, 그냥 가. 나 같은 거 신경쓰지 말고, 그냥 가라고."

나는 우리가 갈 만한 곳을 찾아 주변을 미친 듯이 뛰어다녔다.

우리는 샌드위치와 생과일주스를 파는 프랜차이즈 매장으로 들어갔다. 매장은 시원했고 무엇보다 해미를 자극하는 냄새가 없었다. 나는 살라미소시지와 햄이 듬뿍 들어간 샌드위치와 키위바나나주스를 골랐고 해미는 샐러드와 라임탄산수를 주문했다. 내가 딸기바나나주스는 어떠냐고 했더니 해미는 탄산수면 충분하다고 했다. 그녀는 완전히 넋이 나간 표정이 되어 등받이에 상체를 내던지듯 기대었다. 내가 괜찮으냐고 물었더니 힘겹게 고개를 저었다.

"아니. 안 괜찮아. 내가 나 같지 않고 다른 사람 몸안에 들어간 느낌이랄까? 아니, 반대인가? 내 몸에 다른 사람의 영혼이 들어와서 돌아다니는 거? 아, 맞다. 나 임신중이지. 그래서 그런가? 얘가 벌써 내 몸과 마음을 지배하기 시작했나?"

나는 찬물 한 잔을 가져다 해미 앞에 놓았다. 해미는 한 손을 내밀어 물잔을 쥐었을 뿐 마시지는 않았다. 해미는 말했다.

"그거 알아? 바나나가 세로토닌 수치를 높여서 우울증 완화에 효과적이라는 거, 완전 헛소리야."

이건 내가 딸기바나나주스를 권한 걸 두고 하는 말이었다. 나는 해명했다.

"바나나 말고 딸기 때문이야. 너 딸기 좋아하잖아."

대꾸 없이 나를 바라보는 해미의 눈빛이 차가웠다. 나는 입을 닫고 기다렸다. 해미가 진정을 하고 제자리로 돌아오기를. 잠시 후, 샌드위치와 샐러드와 음료들이 나오자 해미가 물었다.

"내가 뭐였지?"

"라임탄산수."

"너는?"

"키위바나나주스지."

"내가 그거 먹을래."

"바나나 싫다며?"

"먹으라며?"

나는 해미에게 키위바나나주스를 건네고 탄산수를

내 앞으로 가져왔다. 샌드위치를 들어 해미에게 먹겠느냐는 몸짓을 취해보였더니 그녀는 미간을 구겼다. 해미는 깍둑썰기로 잘린 아보카도 한 점을 포크로 찍어 코 가까이 가져갔다. 아마도 연어덮밥에 있던 아보카도가 생각난 모양이었다. 해미는 아보카도를 태어나서 처음 먹는 사람처럼 작은 조각 한 개를 입에 넣고 조심스럽게 오래 씹다가 조금씩 목으로 넘겼다. 나는 샌드위치를 크게 한입 베어 물었다. 배가 고픈 탓인지 몇 번 씹지도 않았는데 저절로 식도를 타고 넘어갔다. 해미는 노란 파프리카를 드레싱도 없이 먹었다. 블루베리는 혀 위에 올려놓고 사탕처럼 굴리다 깨물었고 브로콜리도 배춧잎을 먹는 토끼처럼 앞니로 잘라서 오물거리다 삼켰다. 해미가 물었다.

"연습은 잘돼가?"

"그럭저럭."

"바람둥이."

"바람둥이 아냐."

"그럼 뭔데?"

"두 여자 모두를 진심으로 사랑하는 거야."

"사랑에 빠진 게 죄는 아니라는 거지?"

"그래, 맞아. 바로 그거야."

"웃겨."

"웃기면 대박이지."

"대박이면 어떻게 되는 거야?"

"어떻게 되긴, 좋은 거지."

"뭐가 좋은데?"

나는 대답하지 않았다. 내가 뭐라 대답하든 해미의 질문이 꼬리를 물고 이어질 테니까. 그래서 이번에는 내가 궁금한 걸 물었다.

"진단서는 왜 필요해?"

해미는 대답하지 않았다. 그녀는 뭘 먹을지 고르는 듯 샐러드만 들여다보았다. 나는 해미의 대답은 듣지도 않고 내 짐작대로 말했다.

"요즘엔 그런 거 상관없잖아."

해미는 빨대를 쥐고 키위바나나주스를 저었다. 마시지는 않고 멍하니 바라보기만 했다. 그러다 빨대에서 손을 떼고 말했다.

"그 의사는 아니래. 자기는 상관있대. 아무나 수술해주지 않고 꼭 필요한 사람만 한대."

"특이한 의사네."

"특이하다고?"

"내 말은, 그러니까, 법적으로 문제가 없는데 괜히 까다롭게 따진다는 뜻이야."

"법적으로 문제없으면 함부로 마구 해도 괜찮다는 거야?"

전적으로 내 실수다. 말을 좀더 가려서 해야만 했다. 나는 대답 대신 포크로 아보카도 한 조각을 찍어서 해미의 입으로 가져갔다. 해미는 내 성의를 무시한 채 말했다.

"나는 그런 의사가 좋아."

"그런 의사?"

"까다롭게 따지는 특이한 의사."

나는 아보카도를 내 입에 넣고 씹으며 해미에게 물었다.

"선생님이랑은 무슨 얘기했어?"

해미는 포크 끝에 매달린 강낭콩을 이빨로 깨물었다. 해미의 입으로 들어가지 못한 반쪽이 푸른 치커리 위로 떨어졌다. 해미는 강낭콩을 씹었다. 천천히.

"축하한대."

축하? 그래. 맞아. 그런 거였지. 그래야 마땅한 일이었지.

"활짝 웃으며 크게 기뻐하셨어. 그리고 나더러 좋은 엄마가 될 거라고, 그러셨어."

해미는 빨대를 물고 키위바나나주스를 가볍게 한 번, 그리고 세게 한 번 빨아들였다. 키위와 바나나가 체내로 흡수되길 기다리다 해미는 말했다.

"하지만 그럴 리 없잖아. 좋은 엄마라니. 세상에 나 같은 엄마가 어디 있어."

나는 샌드위치나 입안에 처넣으며 가만히 듣고만 있었어야 했다. 하지만 해미를 위로한답시고 또 한번 방정맞은 입을 놀리고 말았다.

"선생님 말이 맞아. 약 없이 하루도 버티기 힘들면서 약도 끊고, 지금은 식욕도 없으면서 입에도 안 맞는 걸 억지로 먹고 있잖아. 그 정도면 아주 착한 엄마지."

해미는 시선을 내려 샐러드를 응시했다. 마치 그녀의 모든 문제가 그 안에 담긴 것처럼. 그리고 포크를 테이블 위에 내려놓았다.

"그러네. 그러고 보니 내가 그랬어. 하지만, 아무리 그래도, 그렇다고 내가 엄마가 되는 건 아니야. 엄마는 아무나 되는 게 아니잖아. 내가 그런 건, 그건 그냥 일종의 예의 같은 거야. 모성이라든가, 그렇게 거창한 건 절대 아니고, 나를 찾아준 고마운 손님에 대한 예의."

나는 남은 샌드위치로 내 입을 틀어막았다. 해미는 고개를 들고 측은한 듯 내 꼴을 바라보다 라임탄산수의 병마개를 열어 빨대를 꽂아서 내 앞으로 밀었다. 그리고 물었다.

"너는 어때?"

"나? 내가 뭐?"

"너는 아빠잖아."

"내가?"

"내가 엄마면 너는 아빠지."

결국 내 실언의 칼끝이 나를 겨누었다. 그 순간 내 머릿속으로 수많은 아빠들의 얼굴이 지나갔지만 그들 중에 내가 되고 싶은 아빠는 없었다. 그렇다고 그들과 다른 나만의 아빠가 있는 건 더더욱 아니었다. 나는 말했다.

"너 엄마 아니라며? 그럼 나도 아빠 아니지."

"그럼, 너는 뭔데?"

"뭐긴 뭐야. 네 남자친구지."

나는 초조한 마음으로 해미의 얼굴을 살피다 한마디

를 덧붙였다.

"나는 그게 좋아."

해미는 고개를 저었다.

"나는 싫어."

해미는 샐러드를 포크로 뒤적이다 마침내 원하는 걸 찾아낸 어조로 말했다.

"우리 헤어져."

잠시 나의 반응을 기다리다 해미는 또 말했다.

"그게 맞는 거 같아. 헤어지자."

나는 이유를 물어야만 했다. 궁금하진 않았다. 해미의 말이 진심일 가능성은 제로니까. 어린아이가 관심이 필요해서 늘어놓는 투정의 일종이니까. 그렇지만 이유를 묻고 들을 의무가 내게는 있다. 해미가 원하니까. 그래서 그런 말을 꺼낸 거니까.

"그래야 하는 이유가 뭔데?"

"우리는 이전과 다름없이 행복하게 지낼 수 없을 거야. 나는 그럴 자신이 없어. 그런 죄를 짓고도 행복하게 잘 사는 건 말이 안 되잖아. 안 그래? 죄를 지으면 당연히 벌을 받아야지. 우리는 행복하면 안 돼. 그러니까 헤어지는 게 맞아."

해미의 대답이 전혀 틀린 말은 아니다. 우리는 이전과 같을 수 없다. 우리가 어떤 선택을 하든 이전의 우리로 돌아갈 수는 없다. 우리는 이미 우리가 원하지 않는 길로 들어섰다. 문제는 이 길의 끝에 무엇이 있는지 해미도 나도 모른다는 사실이다. 나는 목이 탔다. 빨대를 빼고 탄산수를 병째 들이켰지만 갈증은 조금도 해소되지 않았다. 나는 단호하게 고개를 저었다.

"안 돼. 싫어."

"헤어져."

"싫다고."

"헤어지자니까."

"싫다니까."

"너랑 만나기 싫어."

"안 돼."

나는 화를 내지 않았다. 목소리를 높이지도 않았다. 나의 말투는 지나치다 싶을 만큼 차분했다. 차라리 화를 낼 걸 그랬나? 너무 냉정해서 서운했을까? 갑자기, 그야말로 아무런 전조도 없이 해미의 두 눈에서 눈물방울이 살아 있는 생물처럼 솟아나오더니 뺨을 타고 흘러내렸다. 그녀는 두 마리의 고양이가 프린트된 에

코백에서 손수건을 꺼내 눈물을 닦았다. 그러면서도 해미는 계속 말했다.

"선생님이 그랬어. 너도 멋진 아빠가 될 거라고. 우리 둘 다 훌륭한 부모가 될 거라고. 그런데 그런 얘기를 한참 듣고 나서, 선생님한테, 내가 진단서 얘기를 꺼낸 거야. 내가 육아를 감당할 처지가 못 된다는 걸 증명해 줄 서류가 필요하다고, 그걸 산부인과에 내야 한다고, 그래서, 이런, 이런 내용의 진단서면 좋겠다고, 그런 말들을, 선생님께 줄줄이 늘어놓으면서, 부탁해요 선생님, 그런 거야."

해미의 눈물은 좀처럼 멎지 않았다. 그것은 이제 막 생명을 얻은 유기체처럼 계속 꿈틀거리며 흘러나왔다. 손수건으로 감당이 되지 않아 냅킨을 사용해야 했고, 나는 테이블마다 냅킨을 비치해두지 않는 점포의 운영 방식을 원망하며 카운터로 달려가 겨우 몇 장을 꺼내 주려는 직원의 손에서 냅킨이 담긴 상자를 통째로 빼앗아 들고 왔다.

"오해하지 마. 슬퍼서 그러는 거 아냐. 약을 안 먹어서 그래. 나 약 없으면 이러는 거 잘 알잖아. 역시 나는 약이 없으면 안 되는 거야. 약을 먹어야 해. 그런데, 약을 먹으면 안 되잖아. 물도 함부로 먹으면 안 되고, 바람도 가려 맞으라는데, 정신과 치료약을 먹어? 말도 안돼. 하지만, 약을 끊으면, 그러면 또 내가 엉망이 되고. 그렇다고 약을 먹을 수도 없고. 도대체 어쩌라는 거야?"

나는 해미 앞에 냅킨만 잔뜩 쌓아놓았다. 그것 말고 내가 할 수 있는 건 없었다. 시간이 지나고 눈물이 완전히 멎은 후에야 그녀 옆에 앉아 겨우 손을 잡을 수 있었다. 여전히 물기가 남은 해미의 목소리는 낮고 무기력했다.

"이거 봐. 내 말이 맞지? 바나나는 아무 효과 없다니까."

해미는 내 어깨에 머리를 기대었다. 그녀의 머리는 너무 가벼워서 어린아이의 손을 얹은 것만 같았다. 해미는 작은 숨을 내쉬며 눈물의 여운이 가라앉길 기다렸다. 더이상 말은 하지 않았다. 나 역시 입을 닫고 침만 삼켰다. 마음은 복잡하고 할말도 많았지만 어느 것이 진짜 내 마음인지 나조차 갈피가 잡히지 않았고 무슨 말을 해도 해미에게 도움이 될 것 같지 않았다. 나는 해미의 얼굴만 바라보았다. 이 상황이 내게 주는 의

미의 대부분은 해미로부터 나오는 것이니 무엇보다 중
요한 건 해미였고 해미의 눈빛이었고 해미의 낯빛이었
다. 그렇게 나만의 막연한 짐작에 매달려 해미 안에서
달아날 곳을 찾는 동안 내 손 안에 있는 해미의 손과 내
어깨에 닿은 해미의 머리를 통해 무언가 내 안으로 흘
러들어왔고, 그 순간 어떤 충동이 일어 나는 해미에게
물었다.

"잠깐 만져봐도 돼?"

"뭘?"

나는 그쪽으로 시선을 주었다.

"그래. 너는 자격이 있으니까."

나는 손을 펴서 해미의 아랫배로 가져갔다. 손바닥
이 실제로 닿은 부분은 면과 폴리에스테르가 섞인 얇
은 옷감이었지만 내가 원하는 게 피부의 감촉은 아니
었으니 그것만으로도 충분했다. 나는 문득 궁금해졌
다. 그 안에 무엇이 있는지. 그래픽이나 초음파 사진과
는 다른 실감을, 과학으로 아무리 정밀하게 들여다보
아도 알 수 없는 그 너머의 존재감을 나는 확인하고 싶
었다. 처음에는 아무것도 느껴지지 않았다. 그저 해미
의 배였을 뿐이다. 부드럽고 따뜻한 해미의 작은 배.

힘겹게 생을 버티고 있는 두 존재의 어떤 것이 내 손바닥 안에 함께 들어와 있다는 막연한 은유만이 머릿속을 맴돌았다. 그 이상의 감회 없이 나는 손을 떼려 했다. 그런데, 내 손 위에 해미의 손이 놓였다. 가만히 그대로 있어달라는 듯 해미의 두 손이 내 손등을 감쌌다. 해미는 상체를 등받이에 누이고 이불을 목까지 끌어당기듯 눈꺼풀을 닫았다. 그러자 내 안으로 흘러든 어떤 감정이 해미의 입술 사이를 지나며 언어가 되어 조용히 흘러나왔다.

"편안해."

그걸 뭐라고 표현할 수 있을까? 이 세상의 언어로는 설명되지 않는 느낌이 존재한다는 걸 나는 그때 처음 알았다. 감정이나 느낌이 아닐 수도 있다. 어쩌면 아무것도 아니었는지도 모른다. 나는 등을 뒤로 기댔다. 눈도 감았던가? 모르겠다. 어쩌면 감았을지도 모른다. 정확히 기억나지 않는다. 우리는 한동안 그렇게 있었다. 우리가 그러고 있는 동안 우리 주위에는 오직 해미의 날숨만이 나른하게 떠돌았다.

우리는 남은 음료와 샐러드를 마저 먹었다. 해미는

아보카도가 좋다고 했다. 브로콜리도 먹었다. 다른 채소와 과일도 서로 주거니 받거니 하며 나눠 먹었다. 음료까지 깨끗이 먹어치우고 헤어질 시간이 되어 거리로 나왔다. 해미는 지하철을 타야 했고 나는 극단 연습실로 가야 했다. 우리는 지하철역으로 걸어갔다. 해미가 말했다.

"나, 새로운 걸 쓰기 시작했어."

"소설?"

"아직 몰라. 소설이 될지 수필이 될지. 뭐가 될지 모르지만 일단은 기록해두려고. 우리에게 일어나는 여러 가지 일들을."

지금까지 해미가 쓴 일곱 편의 소설은 모두 미완성이었다. 그녀는 좀처럼 소설을 끝내지 못했다. 나는 소설인지 수필인지 알 수 없는 해미의 작품이 어떻게 끝날지 궁금했다.

"다 쓰면 꼭 보여줘."

"당연하지. 너 말고 읽을 사람도 없어."

나는 지하철역의 개찰구 바깥에서 해미가 조심스러운 발걸음으로 계단을 내려가는 모습을 지켜보았다. 그리고 지상으로 올라와 연습실을 향해 걸어갔다. 횡

단보도에서 신호가 바뀌길 기다리다 나는 생각했다.
다음주에는 나도 선생님에게 상담을 받아야 되겠다고.
물론 그전에 해미의 허락이 필요하겠지만 말이다.

밤의 가스파르

홍주는 우유 한 잔만 마시고 집을 나선다. 버스 정류장까지 걸어서 5분. 버스로 일곱 정거장. 그리고 걸어서 학교까지 3분. 홍주는 9급 지방직 공무원 교육행정직에 2년 만에 합격했다. 다행히 집에서 멀지 않은 남자고등학교의 교육행정실로 발령을 받았다. 처음 버스를 타고 학교로 출근할 때는 다시 학창 시절로 돌아간 느낌이 들어 마음이 무거웠다. 그가 다녔던 학교가 아닌데도 그랬다. 근무를 시작한 지 어느덧 17주가 지나서 업무에도 익숙해지고 행정실 내의 관계와 습관에 물들어가면서 처음에 그를 힘들게 했던 스트레스는 적

잖이 사라졌지만, 그래도 아직은 학교 복도를 지날 때마다 발걸음이 저절로 조심스러워진다.

오늘도 행정실에 제일 먼저 출근한 이는 양 선생님이다. 50대 초반의 행정실무사인 그녀는 이곳에서만 19년째 근무중이며 주로 민원 업무를 처리한다. 그녀는 매일 둥굴레차 티백을 넣은 찻잔을 책상 위에 올려놓고 눈을 감은 채 명상에 잠긴다. 3분 또는 4분이 지나면 눈을 뜨고 티백을 건져낸 후 홍주에게 인사를 한다. 그게 그녀의 아침 루틴이다. 세번째로 차석 주무관이 출근하고 가장 늦게 행정실장이 행정실에 들어선다. 홍주는 인터넷에 들어가 새로 올라온 구매 요청과 공문을 확인한다. 공문들은 담당 업무에 따라 실장과 차석 주무관에게 전달한다. 그리고 실장을 중심으로 넷이 모여 회의를 한다. 홍주는 별말 없이 지시 사항과 의견을 듣고 메모만 한다. 회의가 끝나면 구매 요청 들어온 물품들의 주문을 넣는다. 품목과 수량과 금액을 여러 차례 확인한 후 신중하게 처리한다. 오전이 그렇게 흘러가고 실장과 차석과 양 선생님과 홍주는 혼자 또는 둘씩 돌아가며 점심식사를 한다. 사무실을 비우면 안 되기 때문에 넷이 모두 모여 점심을 먹는 경우는 없다.

사무실 전화기의 착신음이 울린다. 시의회의원의 사무실이다. 학생들을 대상으로 학교도서관 이용 실태에 대한 설문조사를 하려는데 협조 가능한지 알고 싶어서 전화했다고 한다. 홍주는 담당자가 자리에 없으니 들어오시면 전달하겠다고 말하고 그쪽 전화번호를 메모한다. 잠시 후 차석 주무관이 들어온다. 차석 주무관은 여자다. 30대 중반? 어쩌면 후반일지도 모른다. 그녀는 정확한 나이를 말한 적이 없다. 그녀는 평범하다. 모두에게 상냥한 건 아니지만 모두를 차갑게 대하지도 않는다. 업무에 관해 현재 홍주가 숙지하고 있는 사항들의 대부분은 그녀가 가르쳐준 것들이다. 그렇다고 고맙지는 않다. 어차피 그녀가 하던 일의 대부분을 홍주가 넘겨받은 셈이니까. 그는 그녀에게 통화 내용을 전하고 전화번호가 적힌 메모지를 건넨다. 그녀는 투덜거린다.

"그걸 왜 교무실로 안 하고 이쪽으로 전화했지?"

차석 주무관이 메모지를 들고 나간다. 잠시 후, 실장

이 커피 한 잔을 들고 들어와 자리에 앉는다. 그는 차석을 찾는다. 홍주는 실장에게 상황을 설명한다. 실장이 커피를 비우고도 한참이 지나서야 차석 주무관이 돌아온다. 그녀는 교무실에서 들은 얘기를 전한다. 어느 학교인지는 알 수 없으나 몇몇 고등학생들이 이 지역의 여러 고등학교와 시청과 교육청에 지속적으로 전화를 걸어 항의를 했다고 한다. 학교도서관 소장 도서의 상태가 양적으로나 질적으로나 매우 불량하다, 아직도 30년 전에 출판된 세계문학전집을 보유중인 곳이 많다, 최근 도서를 구입해달라, 책의 종류도 너무 한정적이다, 예체능 분야를 무시하지 마라. 지난 3월부터 하루에도 몇 번 씩, 시도 때도 없이 전화를 걸어서 처음에는 장난이려니 했지만, 한 달, 두 달이 지나고 6월인 지금까지 계속되어 도저히 무시할 수 없는 상황에 이르렀다는 것이다. 차석 주무관은 열을 내며 말을 이어갔다.

"심지어 학교운영비 얘기도 하더래요."

무심하게 듣고 있던 실장이 관심을 보인다.

"학교운영비?"

"네. 학교 기본 운영비 중에서 3퍼센트 이상은 자료

구입비로 지출하라는 게 교육부 권고 사항인데, 그거 지키는 학교 없다고, 당장 감사해보라고, 교육청에 그런 요구도 했다네요."

실장은 헛웃음을 뱉는다. 도서관 담당 교사는 그런 사실을 교육청 직원과 통화를 해서 알게 되었는데, 결국 시의회 차원에서 실태를 파악하기로 결정한 모양이라며 어이없어하더라고 차석 주무관은 전한다. 실장이 묻는다.

"이 학교 애들은 아니겠지?"

차석이 빙긋 웃으며 대답한다.

"글쎄요. 그건 모르죠."

실장이 자리에서 일어나 홍주를 부르더니 지시한다. 혹시라도 나중에 그런 전화 오면 우리 업무 아니니까 교무실로 연락하도록 똑 부러지게 전달하라고. 안 그러면 계속 이쪽으로 연락 올 거라고. 실장은 그런 의도가 없었는지 모르지만 홍주는 왠지 실수를 지적받는 기분이 든다. 그래서 고개만 주억거리며 알았다고 대답한다.

휴대폰 모닝콜이 홍주를 깨운다. 방울토마토 여덟

개와 우유 한 잔을 마신 후, 버스를 타고 출근한다. 사무실 책상 위에 아무렇게나 쌓여 있는 문서들을 분류해서 파일에 철하고 폐기할 것들은 따로 상자에 챙긴다. 하다보니 일이 많아져 양 선생님도 거든다. 두 통의 전화를 받아 실장과 차석 주무관에게 각각 돌려주고, 미뤄둔 고지서들을 정리해서 급한 납부부터 처리한다. 큰 금액은 아니지만 온 신경을 집중해서 계산기를 두드리고 여러 차례 거듭 확인하며 숫자들을 입력한다. 그래야 안심이 된다. 매일 비슷한 일을 한다. 누구나 할 수 있는 일이고 누가 해도 상관없는 일들이다. 필요한 일이지만 중요한 일은 아니다. 일을 위한 일이 대부분이다. 생산성, 가치, 보람. 그런 건 없다. 안 하면 안 되니까, 그냥 한다.

2층 복도의 천장에서 등이 깜박인다고 어느 남자 교사가 전화로 알려왔다. 원래 시설관리직이 할일이지만 전임이 갑작스레 그만두고 6개월이 지나도록 신규 인원이 채워지지 않았다. 차석 주무관이 충원은 언제 되느냐고 물어도 실장은 자기도 모르겠다는 대답만 할 뿐 위에 재촉을 하는 눈치는 아니었다. 그래서 전문적인 기술이 필요하지 않은 잡일은 홍주가 나선다. 그러기로 정한 적은 없지만 은연중에 그렇게 되었다. 창고에서 새 형광등과 접이식 사다리를 챙겨 2층으로 올라간다. 다행히 계단에서 가깝다. 아직 수업중이라 복도는 조용하다. 홍주는 소음이 나지 않도록 주의해서 작업을 한다. 계단을 올라오는 발소리가 들린다. 학생이다. 그는 홍주의 옆을 지나치다 걸음을 멈추고 돌아서서 말한다.

"저기, 도서관도 좀 봐주실래요?"

홍주가 시선을 주자 학생은 말을 잇는다.

"불이 안 들어오는 등이 있어서요."

홍주는 지금 하던 걸 끝내면 바로 손보겠다고 말한다. 학생이 홍주를 바라보며 묻는다.

"도와드릴까요?"

홍주는 고맙지만 혼자 할 수 있다고 대답한다. 학생은 고개를 꾸벅 숙여 인사를 건네고 가던 길을 간다. 도서관은 원래 2층에 있었다. 지난 겨울방학에 시청각교육실을 이웃해 있던 도서관까지 합쳐 확장하면서 도서관은 4층의 복도 끝으로 옮겨갔다. 그때 홍주도 2층에 있던 책들을 4층으로 가져가 정리하는 걸 도왔다. 홍주는 2층 복도에서 떼어낸 형광등 한 개와 사다리를 들고 도서관으로 간다. 문을 열고 들어섰는데 아무도 보이지 않아 두리번거렸더니 서가에서 학생 한 명이 걸어나온다. 좀전에 복도에서 만난 학생이다. 학생은 접수대 위의 천장을 가리킨다. 형광등 한 개가 꺼져 있다. 서가와 서가 사이의 천장에도 꺼진 등이 있다. 홍주는 헌 등 세 개를 들고 1층으로 내려가서 수명이 다 된 것들은 폐기물 수거함에 넣고 창고에서 새 형광등 두 개를 꺼내 다시 도서관으로 올라간다. 작업은 크게 힘들지 않고 딱히 손을 보탤 일도 없어서 학생은 잠깐 지켜보다 접수대에 앉아 책을 펼친다. 홍주는 두번째 형광등까지 모두 교체하고 사다리에서 내려온다. 양쪽 서가에는 책등을 싸구려 금박으로 장식한 고색창연한 책들이 빼곡하다. 왼쪽에는 세계문학전집. 오른쪽에는 한국소설문학대계. 거의 1990년대와 2000년대 초반에 출판된 것들이다. 유명 출판사에서 나온 세계문학전집들도 보인다. 그것들은 홍주가 고등학생일 때 학교도서관에 있던 책들과 똑같다. 하지만 그 책들이 무슨 내용인지 홍주는 모른다. 표지를 열어본 적이 없으니까. 홍주는 학생에게 담당 선생님은 어디 계시느냐

고 묻는다. 형광등 교체 사실을 그에게 전하고 서류로
확인을 받아야 한다. 선생님은 교무실에 계신다고 학
생이 대답한다. 홍주는 묻는다.

"학생은?"

"저요? 저는 봉사요. 자원봉사."

홍주가 사다리를 접고 도서관을 나오려는데 학생이
일어서더니 묻는다.

"사서 선생님은 언제 오시나요?"

"사서 선생님? 교무실에 계시다면서?"

"그분은 윤리 담당이세요. 사서가 아니고요."

홍주는 무슨 말인지 알아들었다. 학생이 부연 설명
을 한다.

"도서관에 사서 선생님이 없어요. 그래서 관리도 안
되고 엉망이죠."

홍주는 무슨 말이든 해야 할 것 같아 궁색하지만 자
신의 생각을 말한다.

"담당 선생님께 여쭤봐. 언제 오시냐고."

"물었죠. 모르신데요."

홍주는 해줄 말이 없다. 아는 바도 없고 권한도 없으
니까. 그러나 학생은 포기하지 않는다.

"모르세요? 언제 오시는지."

"담당 선생님이 모르는 걸 내가 어떻게 알겠니?"

홍주는 학생의 얼굴 위로 드리워지는 그늘을 본다. 학생이 말한다.

"행정실에 계시니까 아실지 모른다고 생각했어요."

홍주는 말한다.

"나도 몰라."

학생은 마치 자신의 그늘을 감추려는 듯 홍주에게 고개를 숙인다.

"죄송합니다."

홍주는 사과까지 할 필요는 없다고 말하려 했지만 학생은 홍주의 그런 마음을 외면하듯 돌아서서 접수대에 앉는다. 학생이 책을 펼쳐 멈췄던 독서를 다시 시작하는 걸 보고서야 홍주는 사다리를 들고 도서관을 빠져나온다.

홍주는 형광등 교체 사실을 확인받기 위해 서류를 준비해서 교무실로 간다. 도서관 담당 교사는 홍주가 내민 문서를 훑어보고 서명을 한다. 그는 아무 말도 하지 않는다. 어느 형광등인지, 어떻게 알고 교체를 했는지, 그런 걸 그는 묻지 않는다. 홍주는 그의 태도가 낯설지 않다. 겨우 형광등 두 개 교체하는 일로 문서를 주고받아야 하느냐고 볼멘소리를 하지 않는 것도 그런 태도 덕분이니 홍주는 오히려 다행으로 여긴다. 그래서 홍주도 그에게 사서는 언제 오느냐고 묻지 않는다. 생각은 남았지만 잊기로 한다. 차석 주무관이 홍주에게 가장 강조했던 주의 사항이 그거였다. 교무실 업무에 절대 참견하지 말 것. 홍주가 행정실로 돌아오니 혼자서 왜 그리 바쁘냐고 실장이 묻는다. 홍주는 형광등 교체 사실을 그에게 보고한다. 그리고 시설관리 주무관은 언제 오느냐고 묻는다. 실장은 가볍게 한숨을 뱉은 다음, 홍주에게 말한다.

"그러니까 말이야. 빨리 좀 오면 좋은데 마땅한 지원자가 없는 모양이야. 내가 다시 얘기해볼 테니까 조금만 견뎌보자고. 너무 혼자만 무리하지 말고 힘들면 같이하자고 해."

그러더니 냉장고에서 비타민 음료 한 병을 꺼내 홍주의 책상 위에 놓는다. 홍주는 후회한다. 그럴 생각이 전혀 없었는데 쓸데없이 불평만 늘어놓은 꼴이 되고 말았다.

오늘 홍주의 아침식사는 프로틴 음료 한 잔이다. 홍주는 운동이 필요하다는 생각이 들어 버스에서 피트니스에 대한 정보를 찾아본다. 양 선생님의 명상이 유난히 길어져 사무실 내에 둥굴레차의 향이 짙다. 행정실장은 지각을 했다. 덕분에 직원들은 실장의 애마가 출근길에 가벼운 접촉 사고를 당했다는 얘기를 20분 가까이 듣는다. 홍주는 늘 하는 업무를 처리한다. 그리고 틈틈이 휴대폰으로 웹툰도 본다. 다음 스토리가 궁금한 작품이 새로 업데이트되는 날이라 어쩔 수 없다. 꼼짝 않고 앉아서 잠시도 한눈을 팔지 않는 홍주에게 차석 주무관이 한마디 건넨다.

"홍주 쌤. 오늘 일 많아요? 많이 바빠 보이네."

차석의 눈에 뜨일 리 없는데도 홍주는 다급하게 손가락을 움직여 화면을 닫고 휴대폰을 내려놓는다. 홍주가 자리에서 무겁게 몸을 일으켜, 아니라고, 바쁘지 않다고, 뭐 도와드릴 거 있느냐고 말하며 차석을 향해 걸음을 옮기는데, 전화벨이 울린다. 홍주는 재빨리 수화기를 든다.

"여보세요."

부드럽고 낮은 여자의 음성이 들린다.

"네. 행정실 박홍주 주무관입니다."

"여쭤볼 게 있는데요."

"네. 말씀하세요."

"거기 학교에 도서관 있죠?"

홍주는 놀란다.

"네. 있습니다만."

"그럼 사서 선생님도 계시겠네요."

"당연히 계십니다."

"거짓말."

"네?"

"거기 사서 선생님 안 계시잖아요."

"아니요. 계십니다."

"지금 맡고 계신 분은 전문 사서가 아니라 일반 교과 담당 선생님이시죠."

홍주는 자신이 수세에 몰렸음을 알아채고 미약하나마 반격을 가해본다.

"실례지만, 혹시 교육청이신가요?"

"아뇨. 교육청 아닙니다."

"학생이세요?"

"그런 게 무슨 상관이죠?"

"이 학교 학생이세요?"

멍청한 질문. 이 학교는 남학교고 저쪽은 여성이 틀림없다.

"아닙니다. 학교도서관에 마땅히 계셔야 할 사서 선생님이 안 계신 학교가 너무 많아서 문제의 심각성을 지적하고 개선을 요구하는 중입니다."

"그런 건 교무실에 요구하세요. 여기는 행정실입니다."

"아니죠. 정확히 교육행정실이잖아요. 교, 육, 행, 정, 실. 왜 교육을 지우세요?"

그의 통화 내용이 심상치 않음을 느꼈는지 차석 주무관이 다가온다. 홍주가 말한다.

"그게 무슨 차이인지 모르겠지만, 어쨌든 우리와 상관없는 일이니 교무실에 물으세요."

"교무실에는 벌써 물었어요. 제대로 듣지도 않고 그냥 전화를 끊더라고요. 그렇게 우리를 무시하고 모른 척하니까 도서관이 엉망이죠."

"우리 도서관이 엉망인지 어떻게 알죠?"

"저희는 이 지역 학교도서관의 실태를 모두 파악하

고 있어요. 그래서 이런 전화도 드리는 거고요. 저희는
아주 매우 진지해요. 엉망인지 어떻게 아느냐고요? 그
걸 모르는 사람이 있나요? 다들 알잖아요. 알면서 모른
척하는 거죠. 정말 심각하다고요. 도대체 얼마나 망가
져야 관심을 가질 거죠? 제발 정신들 좀 차리시라고요.
오늘은 이만하겠어요. 다음에 다시 전화드릴 때는 쓸
만한 답변을 들었으면 좋겠네요. 특히, 사서 선생님 언
제 오시는지 정확히 알아두셔야 할 거예요. 수고하세
요."

전화는 끊어졌다. 목소리는 가늘고 어린 티가 났지
만 단호하고 자신감이 넘쳤다. 차석이 통화 내용을 물
어서 홍주는 간단히 전달한다. 함께 듣고 있던 실장이
혀를 차며 내뱉는다.

"싸가지 없는 것들."

그는 다음에 또 같은 전화가 오면 자기에게 돌리라
고 말한다. 홍주는 자리에 앉아 자신의 귓속으로 쏟아
져 들어오던 그 여자아이의 당돌한 음성을 되새긴다.
그러다 도서관에서 사서 선생님 언제 오시느냐고 묻던
학생을 떠올린다. 친구일까? 아니면 동료? 무너지는
학교도서관을 되살리는 학생들의 모임. 그런 단체의

회원들? 전화벨이 울린다. 홍주가 받으려는데 실장이 먼저 당겨서 받는다. 통화 내용으로 보아 같은 전화는 아니다. 아무래도 한동안은 전화벨이 울릴 때마다 신경이 곤두설 거 같아 홍주의 미간이 저절로 구겨진다.

교무부장이 실장에게 들었다며 통화 내용을 물어서 홍주는 어쩔 수 없이 자초지종을 설명한다. 그리고 그럴 만한 권리라도 얻은 듯 교무부장에게 사서 선생님은 언제 오느냐고 묻는다. 교무부장은 고개를 저으며 그건 아무도 모른다고 대답한다. 그러더니 홍주에게 신경쓰지 말라고 덧붙인다. 차석 주무관도 홍주에게 너무 신경쓰지 말라고 한다. 실장도 같은 말을 한다. 평소 업무 이외에 말을 거는 법이 없는 양 선생님도 홍주에게 별거 아닌 일로 스트레스 받지 말라며 딸기맛 사탕 두 개를 건넨다. 그래서 더욱 홍주의 신경은 날카로워진다. 다행히 행정실에서 도서관은 꽤 멀다. 행정실은 1층의 이쪽 끝이고 도서관은 4층의 저쪽 끝이다. 그곳에 꼭 가야 하는 일이 있지 않은 한 그 앞을 지날 일은 없다. 그리고 그건 홍주가 관심을 끊기에 적당한 핑계이기도 하다.

이틀 후 3교시가 시작될 즈음, 홍주는 4층 화장실의 변기가 막혔다는 연락을 받는다. 하던 일을 마저 정리하고 4교시가 끝나갈 시간이 가까워서야 연장을 들고 올라가 조치를 한다. 변기통에 머리를 처박고 펌프질을 하는 내내 홍주는 한 가지 생각만 했는데, 그건 지난 이틀 동안 그의 머릿속에서 계속 맴돌던 의문이기도 하다. 전화로 야무지게 따져 묻던 그 여학생과 도서관에서 자원봉사를 한다는 이 학교의 남학생은 무슨 관계일까? 오직 그 호기심을 해소하기 위해 홍주는 변기에 고인 오물이 시원하게 내려가는 걸 확인한 후에 점심시간이 시작되어 소란스러워진 복도를 지나 도서관으로 간다. 유리문을 열고 들어서니 실내가 다소 어둡다. 그 학생은 접수대에 앉아 책을 읽고 있는데, 그건 이틀 전 모습과 완전히 똑같아서 마치 학생이 그동안 꼼짝 않고 자리를 지킨 것처럼 보여 홍주의 가슴이 서늘해진다. 왜 이렇게 캄캄하냐고, 또 형광등에 문제 있느냐고 홍주가 묻자 학생이 대답한다.

"전기요금 많이 나온다고 이쪽만 켜래요."

"누가?"

"선생님이요. 도서관 담당 선생님."

"아무리 그래도 너무 어두운데."

"상관없어요. 어차피 나 혼자뿐이니까."

"점심시간이니까, 이용하는 학생들이 있을지 모르잖아."

학생이 웃는다.

"아뇨. 없어요."

홍주가 학생에게 다가가서 묻는다.

"사서 선생님은 아직 안 오셨지?"

학생은 홍주로부터 시선을 거두어 책으로 가져간다.

"네."

홍주는 이틀 전 받은 전화에 대해 말한다. 여학생이 했던 말들, 홍주가 들은 그 음성. 그리고 그 통화가 자신에게 남긴 불편까지. 학생의 시선은 여전히 책 위에 있고 그가 귀기울여 듣는지 어떤지 홍주는 모른다. 그래도 계속 말한다.

"그런데 그런 전화가 다른 학교에도 많이 갔던 모양이야. 한 명이 하는 짓 같지도 않고. 교무부장도 심각하게 받아들이는 눈치였어. 뭔가 제대로 대책을 세울거 같더라고."

홍주는 말을 멈춘다. 그리고 학생의 반응을 기다린다. 침묵이 길어지자 학생이 홍주 쪽으로 고개를 돌리더니 묻는다.

"그래서, 그게 뭐요? 저한테 그런 얘기를 왜 하세요?"

"혹시 아나 해서."

"내가요?"

학생은 고개를 젓는다.

"모르는데요. 처음 들어요. 그런 얘기."

"그렇구나. 그 여학생이 사서 선생님을 찾아서, 혹시나 했거든."

"그런 걸 우연의 일치라고 하죠."

"그런가?"

"하긴 우리 학교에 사서 선생님 없는 거 아는 사람이 드물기는 하네요. 그게 외부까지 알려졌다면 발설을 한 범인은 그 몇 안 되는 이들 중 한 명일 테고, 그렇게 따지면 저는 유력한 용의자고요."

"추리소설을 좋아하나보구나."

"그런 생각으로 저를 찾아오신 거 아닌가요?"

"그렇게까지 깊이 생각하진 않았어."

"얘기 들어보니 그 아이들 참 훌륭한 일을 하는 거 같은데, 아쉽게도 저는 아니네요."

"그래. 혹시 또 전화 오면 새로운 동료가 필요한지 물어볼게."

학생은 피식 웃더니 눈길을 돌려 책을 본다. 학생이 그렇게 관심을 거두지 못하는 책이 무언지 홍주는 궁금하지만 묻지는 않는다. 홍주는 벽에 붙은 전기 스위치를 보며 망설인다. 아주 잠시. 그러다 마음을 접고 걸음을 옮겨 문가로 간다. 학생에게 수고하라는 말을 하려다 그것마저 하지 않고 조용히 밖으로 나간다. 행정실로 돌아온 홍주는 자리에 앉자마자 지난해 학교운영비 결산 내역을 확인한다. 전체 기본 운영비 중 자료구입비가 차지하는 비중이 1.3퍼센트. 홍주는 도서관의 등을 켜지 않고 나온 걸 후회한다.

특별할 거 없는 며칠이 흘러간다. 어제와 다름없는 오늘. 오늘과 비슷한 내일. 그렇게 사흘. 그리고 나흘. 실장은 주차장을 확장해야 한다고 투덜거리고, 차석은 급식에 나오는 김치의 맛이 영 이상하다며 중국산을 섞는 게 아닌지 의심하고, 교무부장은 이번에 새로 대

량 구매한 수성펜의 필기감이 왜 이 모양이냐고 화이
트보드 위에 써 보이며 불만을 늘어놓는다. 양 선생님
은 홍주에게 친근한 어조로 말한다. 홍주 쌤, 내가 여
기 오래 근무하는 비결이 뭔지 알아? 입 닫고 눈 감고
귀 막고 할일만 하거든. 홍주의 서랍에는 딸기맛 사탕
이 다섯 개가 된다. 그리고 전화벨이 울린다. 정규수업
은 모두 끝나고 보충수업과 자율학습이 진행중인 시간
이다. 실장은 테니스장 보수 견적 때문에, 그리고 차석
은 급식 문제 때문에 외부에 있고, 양 선생님은 화장실
에 다녀오겠다며 잠시 자리를 비워서 행정실에는 홍주
뿐이다. 사무실 한복판으로 걸어가 차석의 책상 위에
서 울어대는 수화기를 집어 귀에 대자 저쪽의 음성이
들려온다.

"여보세요."

굵직하지만 아직 어린 티가 지워지지 않은 남성이
다.

"네. 행정실 박홍주 주무관입니다."

"안녕하세요."

"네. 말씀하세요."

"거기, 도서관에 사서 선생님 계신가요?"

"실례지만 말씀하시는 분은 누구신가요?"

"저는 그 학교에 사서 선생님이 오셨는지 궁금한 사람입니다."

"정확한 신분을 밝혀주시겠어요?"

"제 신분을 말하면 사서 선생님이 오시나요?"

"그런 중요한 사실을 아무에게나 알려줄 수는 없으니까요."

"안 오신 걸 안 오셨다고 털어놓기가 그렇게 힘든가요?"

"무슨 말씀이신지 모르겠군요."

"그런 식으로 가린다고 가려지냐고요."

"가린 적 없습니다."

"할 수 없네요. 역시 어쩔 수가 없어요."

저쪽의 말뜻을 알 수 없어 홍주는 입을 닫고 기다린다. 그러자 저쪽이 계속 말한다.

"더이상 안 되겠어요."

"여보세요."

"똑똑히 잘 들으세요."

홍주는 귀를 기울인다.

"조만간 화재가 발생할 겁니다."

"뭐라고요?"

"학교도서관을 불태울 거라고요."

"저기요, 학생. 지금 무슨 소리 하는 겁니까?"

"어쩔 수 없어. 당신들은 그래야 알아들으니까."

"이봐요. 학생!"

전화는 끊어졌다. 저쪽에서 들려오는 건 기분 나쁜 전자음뿐이다. 홍주는 귀에서 수화기를 뗀다.

"뭐야? 왜 그래? 또 그 전화야?"

"뭐라고 해요?"

그제야 홍주는 옆에 서 있는 실장과 양 선생님을 알아본다. 그들의 놀란 표정이 눈에 들어왔지만 홍주는 수화기를 내려놓고 바로 밖으로 달려나간다. 1층의 저쪽 끝으로 달려가서 4층까지 계단을 뛰어올라 순식간에 도서관 앞에 다다른다. 홍주는 서두르지 않는다. 가쁜 숨을 고른 다음, 안에서 알아채지 못하도록 천천히 유리문을 밀고 안으로 들어선다. 실내는 어두운 회색이다. 형광등은 모두 꺼져 있고 창을 통해 들어오는 약간의 햇빛만이 도서관의 내부를 어렴풋이 드러낸다. 접수대에는 아무도 없다. 서가와 서가 사이를 살피며 조심스럽게 안으로 걸음을 옮기던 홍주는 창가에 앉아 있는 학생을 발견하고 걸음을 멈춘다. 그는 4인용 책상의 안쪽에 앉아 책을 읽고 있다. 햇빛을 받으며 고요한 시선으로 책에 빠져 있는 모습은 외부의 어설픈 관심이나 한가로운 시선으로는 절대 허물 수 없을 만큼 단단해 보인다. 그건 길고 무거운 통화를 마친 후에 이내 기분을 바꿔 만들어낼 수 있는 자세나 분위기가 아니다. 홍주는 잠시 학생을 바라본다. 그가 손을 움직여 책장을 한 번 넘길 때까지. 그리고 뒤로 한 걸음 물러선다. 그를 방해하고 싶지 않다. 그를 그대로 두기로 한다. 불을 켜지도 않는다. 홍주는 그대로 소리 없이 나와 행정실로 돌아간다.

그들의 전화는 다음날에도 온다. 그 다음날에도 오고, 또 그 다음날에도, 매일 계속 걸려온다. 어느 날은 남학생이고 어느 날은 여학생이다. 내용은 똑같다. 당신들은 구제불능이다. 그러니 벌을 받아 마땅하다. 곧 불을 지르겠다. 홍주는 전화를 받지 않는다. 실장과 차석이 받고 양 선생님도 받는다. 홍주는 전화를 피한다. 통화를 하면 그들을 야단치며 화를 낼 것 같다. 홍주는 그러고 싶지 않다. 교무부장은 하루에도 몇 번이나 행정실에 찾아와서 입단속을 당부한다. 학생들이 알면 일이 커질 거라고 우려한다. 실장도 홍주에게 괜한 오해를 살지도 모르니 도서관 출입을 삼가라고 당부한다. 하지만 홍주는 도서관에 가야 했다. 교무부장이 소화기 두 개를 구매 요청했고 물건이 도착했다고 알렸더니 그는 위치까지 지정하며 설치를 부탁했다. 홍주가 실장에게 상황 설명을 하자 혀를 몇 번 차더니 어서 다녀오라고 한다. 홍주는 소화기 두 개를 들고 도서관으로 올라간다. 창가에 놓인 책상에서 책을 읽던 학생이 양손에 소화기를 든 홍주를 보고 말한다.

"화재 예방인가요?"

홍주는 대답 없이 할일만 한다. 그리고 학생 가까이 다가가서 묻는다.

"들었니?"

학생도 묻는다.

"뭘요?"

"불."

학생은 고개를 끄덕인다.

"소문이 파다해요."

"정말 할까?"

"아뇨. 아닐 거예요."

"왜?"

"그들은 책과 도서관을 좋아하잖아요. 그런데 어떻게 그런 짓을 하겠어요? 안 그래요?"

홍주는 고개를 끄덕인다. 일리가 있는 설명이다. 하지만 전화로 남긴 그들의 위협이 분노를 참지 못한 어린 학생들의 터무니없는 화풀이로만 들리지는 않았다. 홍주가 보기엔 충분히 그럴 만하다. 그들이 도서관에 불을 지른다면 단지 책이나 사서 때문만은 아닐 것이다. 홍주는 학생에게 무슨 책을 읽느냐고 묻는다. 학생은 책을 들어 표지를 보여준다. 『밤의 가스파르』. 홍주는 들어본 적이 없는 제목이다. 홍주가 소설이냐고 물으니, 잠시 생각하던 학생은 산문시인데 판타지 느낌이 강하다며 지은이의 이름을 알려준다. 고등학교 졸업 이후 제대로 된 독서를 한 적이 없는 홍주에게는 『밤의 가스파르』도 산문시도 지은이의 이름도 모두 낯설기만 하다.

불을 예고하는 전화는 1주일 간 이어지다 멎는다. 화재는 발생하지 않았지만 그렇다고 걱정이나 불안이 완전히 가신 건 아니다. 홍주는 가끔 도서관에 올라간다. 그때마다 학생은 혼자 『밤의 가스파르』를 읽고 있다. 점심시간에도, 방과후에도, 도서관의 같은 자리에 앉아서 같은 책만 읽고, 수업시간에도 그는 도서관에 머문다. 홍주는 학생에게 묻는다. 왜 수업은 안 듣느냐고, 다른 아이들처럼 영어나 수학도 공부해야 하지 않느냐고. 학생은 대답한다.

"거기서는 배울 게 없어요. 재미도 없고."

"도서관이 걱정돼서 그러니?"

"네? 걱정이라뇨?"

"화재 말이야."

학생이 잔뜩 찌푸린 시선으로 홍주를 쳐다본다.

"전에도 말했잖아요. 그런 일은 절대 없을 거라고."

"그럼 왜 종일 여기 있는 거야?"

학생은 고개를 돌려 책을 응시한다. 홍주가 대답을 기다리다 포기를 떠올릴 즈음 그는 가만히 입을 연다.

"저는 책을 읽는 게 좋아요. 낡은 책의 향기가 가득한 이곳도 맘에 들고요. 그뿐이에요."

교무부장은 철없는 녀석들이 큰소리만 쳐놓고 열흘

넘도록 아무 일 없는 거 보면 간이 쪼그라들어 포기한 게 틀림없다고, 마치 대단한 승리라도 거둔 것처럼 목소리를 높인다. 실장도 거든다. 학교에 불을 내는 게 말이 쉽지 아무나 할 수 있는 짓이 아니라고. 차석은 정말 다행이라고 한다. 양 선생님도 옆에서 흐뭇한 미소를 짓는다. 실장이 날도 더운데 간단히 맥주나 한잔하자고 제안한다. 차석 주무관이 정말 간단히 '한 잔'이냐고 묻자 실장은 그렇다며 양 선생님에게도 권하는데, 양 선생님이 간단히 한 잔이라면 참석하겠다고 하자 망설이던 차석도 그러자고 한다. 교무부장도 당연히 갈 거라고 한다. 홍주는 죄송하지만 선약이 있다고 말한다. 다음에는 꼭 참석하겠다는 말도 덧붙인다. 홍주에게 선약 같은 건 없다. 그들과 함께 있고 싶지 않았다. 행정실이나 학교로부터 벗어나고 싶었다. 홍주는 전화로 친구들을 불러내서 PC방에 간다. 게임을 세 시간 가까이 한다. 도중에 친구 한 명이 합류해서 모두 네 명이 된다. 홍주의 게임은 잘되지 않는다. 엉망진창이다. 친구들이 화를 낼 정도다. 너무 오랜만이라 그렇다고 변명을 해도 친구들의 화는 수그러들지 않는다. 그들은 PC방에서 나와 맥주를 마시러 간다. 맥주와 함께 치킨을 먹으며 쉴새없이 떠든다. 주로 직장과 일에 대해 얘기한다. 상사와 동료의 흠을 잡고 조직의 구조적 모순을 성토하고 비전 없음을 한탄한다. 홍주는 친구들의 얘기를 듣기만 한다. 사실은 제대로 듣지도 않는다. 공감하기 힘든 썰들. 어쩌면 거짓일지도 모르는 자학과 위로의 말들. 그런 말들이 바닥나자 그들의 화제는 축구로 옮겨간다. 홍주는 빈 맥주잔을 들고 세번째 5백을 주문한 다음 화장실로 가서 변기 위에 쪼그리고 앉아 휴대폰을 들여다본다. 아무리 뉴스를 뒤져도 화재 사건은 없다. 홍주는 이해가 가지 않는다. 왜 불을 지르지 않을까? 그 호기롭고 당당하던 태도는 뭐였을까? 그렇게 공격적으로 퍼붓던 분노들은 모두 어디로 가버렸나? 화장실에서 나온 홍주는 친구들과 세번째 그리고 네번째 5백까지 깨끗이 비우고 맥줏집에서 나온다. 친구들과 헤어져 버스를 타기 위해 정류장으로 가다 무심코 방향을 바꿔 학교 교문 앞에 이른다. 11시가 가까운 시각이라 야간자율도 끝나서 교실의 모든 등은 꺼져 있고, 교무실을 비롯한 1층의 몇 곳만 환한데 4층에서도 가장 끄트머리에 남은 흐린 불빛이 홍주의 눈에 들어온다. 달려가서 들여다보고 싶지만 홍주는 참는다. 아무리 행정실 직원이라도 이 시간에 술에 취해서 교내로 들어가는 건 범죄에 가까운 행동이니까. 하지만 가서 보지 않아도 홍주는 안다. 저 작은 불빛 안에 누가 있는지, 지금까지 남아서 무엇을 하는지. 1층에 남았던 불이 하나씩 꺼지고 잠시 뒤에 도서관의 불빛도 어둠 속으로 사라진다. 홍주는 마지못해 교문을 등지고 돌아선다. 마지막 버스를 타려면 서둘러야 한다.

홍주는 두유 한 잔만 마시고 학교로 출근한다. 숙취 때문인지 가벼운 두통이 느껴진다. 날씨는 상쾌하다. 평소와 다를 바 없는 보통의 하루가 되기를, 이라고 주문을 걸며 교문을 지난다. 행정실에 들어서니 둥굴레 향을 맡으며 명상중인 양 선생님이 보인다. 홍주는 자리에 앉아 생각한다. 뭣부터 해야 하지? 오늘 꼭 해야 하는 업무가 뭐였더라? 아무것도 떠오르지 않는다. 홍주는 정신을 차리기 위해 컴퓨터를 켠다. 부팅이 채 끝나기도 전에 양 선생님이 벌떡 일어나서 홍주에게 말한다. 불이 났다고. 홍주의 뒤통수가 서늘해진다. 양 선생님도 자세한 건 아직 모른다고 한다. 도서관에 화재가 발생한 건 지난밤인데 다행히 피해가 크지는 않은 모양이고, 지금 실장님이 교감실에서 회의중이라고 그녀는 알려준다. 홍주는 도서관으로 올라간다. 복도와 계단과 교실에 떠도는 학교의 공기는 평소와 다르지 않다. 달라진 건 도서관뿐이다. 굳게 잠긴 유리문 위에 당분간 도서관 운영을 중지한다는 공고문이 붙어 있다. 홍주는 투명한 유리 위에 코를 대고 내부를 들여다보지만 눈에 들어오는 건 시커멓게 그을린 벽과 타다 만 의자 몇 개가 전부다. 서가는 멀쩡하다. 책들도 그대로다. 『밤의 가스파르』를 손에 든 학생이 안쪽에서 걸어나올 것 같아 한참을 들여다보지만 그런 일은 일어나지 않는다.

화재 발생 시각은 새벽 2시 반 무렵이라고 한다. 순찰중이던 경비원이 불길을 일찍 발견한 덕분에 피해가 적었다고 실장은 말한다. 책상과 의자 몇 개가 탔고 교실 쪽 벽면의 마감재가 그을렸는데, 다행히 화염이 서가 쪽으로는 미치지 않았다. 홍주가 범인에 대해 밝혀진 게 있느냐고 묻자 실장은 아직 알려진 게 전혀 없다고 소방서와 경찰의 조사를 기다려야 하는 상황이라고 말한다. CCTV가 부실해서 수사가 쉽지는 않을 거라며 이제라도 설치하자고 했더니, 터질 사건 다 터졌는데 이제 와 설치하면 뭣 하느냐며 교감이 반대를 하더라고 한다. 차석 주무관이 그럼 이제 어쩌느냐고 묻자 실장이 시큰둥하게 대답한다.

"어쩌긴 뭘 어째. 우리야 하던 일 계속하면 되지."

그들은 각자의 자리로 돌아가 업무를 시작한다. 홍주는 학교 전산망으로 들어가서 이름 세 글자를 입력하고 엔터키를 누른다. 모니터 화면 가득 나열된 정보들 중에서 학년과 반을 알아낸 홍주는 1교시가 끝난 뒤 해당 교실로 찾아가 두리번거리다 어떤 학생을 붙들고 그 학생을 불러달라고 부탁한다. 홍주는 그 학생이 오늘 결석이라는 대답만 듣는다. 이유를 물어도 모른다고 한다. 홍주는 그 반 담임을 찾아갈까 하다 그만둔다. 괜한 오해는 사고 싶지 않다.

그건 일종의 출발신호였다. 이후 하루에 한 학교, 또는 두 학교, 이 지역 소재의 고등학교 내에 설치된 도서관들이 차례로 불에 탄다. 어딘가의 피해는 경미하고 어느 곳은 모든 책이 잿더미가 된다. TV 뉴스에 보도되고 인터넷에서도 화제가 된다. 어떤 학교는 화재 사실을 감추었다 뒤늦게 드러나기도 한다. 교무부장은 자기 학교의 피해가 가장 적다고, 정말 다행 아니냐고 진심으로 뿌듯해한다. 실장은 묵묵부답이다. 차석도 대꾸하지 않는다. 양 선생님은 성적증명서와 생활기록부 사본을 발급하느라 분주하다. 홍주는 범인이 잡혔느냐고 묻는다. 교무부장은 의미를 알 수 없는 표정으로 홍주를 바라보다 고개를 젓는다. 아니라는 건지 모른다는 건지 분명히 밝히지도 않은 채 그는 행정실에서 나가버린다.

학교도서관들이 불의 습격에 시달리는 동안에도 학생은 학교에 나오지 않는다. 전산망에 들어가 연락처를 알아낼 수도 있지만 홍주는 그러지 않는다. 그건 어리석고 무의미한 짓이니까. 도서관 문은 여전히 잠겨 있다. 운영 중단을 알리는 공지도 그대로다. 청소라도 해야 하는 거 아니냐고 홍주가 물었지만 실장은 신경 쓰지 말라고 대꾸한다. 홍주는 도서관 담당 선생님을 찾아가 도서관은 이제 어떻게 되는 거냐고 묻는다. 그는 자기는 이제 담당이 아니라고 대답한다. 그럼 누가 담당이냐고 했더니 그는 자기가 그걸 어떻게 아느냐고 쏘아붙인다.

연쇄 방화는 관내 모든 고등학교의 도서관들에 지우기 힘든 흔적을 남기고 나서야 멈춘다. 다른 지역까지 번지지 않아 천만다행이라고 실장과 차석과 양 선생님은 안도한다. 그 학생이 결석중인 교실의 복도를 매일 배회하던 홍주는 고민 끝에 그 반 담임에게 학생이 어찌된 건지 묻는다. 학생의 담임은 이틀 전 학생의 어머니가 학교에 직접 찾아와 상담을 하고 자퇴 의사를 전했다고 알려준다.

홍주는 인터넷 서점에 소개된 『밤의 가스파르』의 줄거리를 읽는다. 여러 번 반복해서 읽는다. 아무리 읽어도 무슨 내용인지 도통 이해가 되지 않는다. 나무위키를 통해 같은 제목의 음악이 있음을 알게 된 홍주는 유튜브에서 음악을 찾아 듣지만 30초쯤 듣다 창을 닫아버린다. 학교도서관의 소장 도서 목록도 살펴본다. 아무리 찾아도 『밤의 가스파르』는 없다.

우유 한 잔을 마시고 집을 나선다. 버스 정류장까지 걸어서 5분. 버스로 일곱 정거장. 그리고 걸어서 3분. 하늘은 맑고 공기도 깨끗하다. 오늘은 퇴근 후에 꼭 적당한 피트니스센터를 찾아내야겠다고 단단히 마음먹는다. 양 선생님은 오늘도 1등으로 출근해서 명상중이다. 웬일로 실장이 벌써 자리에 앉아 인사를 건넨다. 가장 늦게 출근한 차석은 미안하다고 사과를 한다. 명상을 마친 양 선생님이 모두에게 인사를 건네고 다들 환하게 웃으며 인사를 주고받는다. 차석이 얼굴이 좀 까칠해 보인다고, 면도 안 했느냐고 밝은 어조로 묻는다. 손을 턱으로 가져간다. 수염이 만져진다. 면도를 안 했다. 깜빡했나? 그랬나보다고 생각한다. 사무실 전화가 울기 시작한다. 한 번. 아무도 받지 않는다. 그리고 또 한 번. 그래도 받지 않는다. 다들 자기 할일만 한다. 서랍을 연다. 딸기맛 사탕이 있다. 요란한 벨소리가 사무실을 흔든다. 사탕 한 개를 집어 껍질을 벗겨서 붉은 알맹이를 입에 넣는다. 기계의 소란이 끈질기지만 혀를 움직여 둥근 사탕을 천천히 굴린다. 입안에 단맛이 퍼지자 덕분에 기분도 편안해진다. 홍주는 지그시 눈을 감는다.

동조자의 사랑

—사랑해 마지않는 나의 파괴자에게

전승민(문학평론가)

1. 시선은 자신을 볼 수 있을까?

    나는 너를 사랑한다. 그러나 네가 내 세계를 파괴하려 할 때, 나는 어떻게 반응할 수 있나? 사랑은 그 대상으로서의 너를 포함하여 내가 네게 내보이는 반응의 총체다. 사랑은 '나'와 '너' 사이에서 형성되는 관계성을 가장 예민한 층위에서 탐색하는 과정이다. 사랑에 관한 성찰은 너의 타자성이 나의 세계에 가하는 끊임없는 공격에도 불구하고 세계가 얼마간 유지되어야 함을 전제로 한다. 나는 세계가 완전히 붕괴되지 않을 수 있는 임계점까지만 너를 사랑할 수 있다. 그렇다면 역설적으로 나는 너의 사랑이자 공격으로부터 얼마간 물러서고 피할 수 있어야 할 텐데, 마치 불가능해 보이는 이 거리 조절—카메라의 조리개가 바늘구멍만큼 작아졌다가 부드럽게 다시 확대되는 것과 같은 유연한 대처는 과연 가능할까? 다시 말해, 네가 너의 타자성을 나에게 거침없이 들이밀며 이 모든 것을 날것 그대로 받아들이는 것이 사랑이라고 단언할 때, 그것은 과연 현실적으로 가능한 지침이 될 수 있는가?

명학수의 소설은 사뭇 진지한 문체로, 겉으로 말하지 못한 불확실함과 불안을 능히 숨겨두면서 위의 문제에 대한 자신의 답변을 내어둔다. 두 번의 여름 속에 등장하는 두 명의 인물은 두 개의 사건을 겪고 이야기의 끝에서 이렇게 말한다. 네가 너를 내게 포악하게 내던진다면 나는 기꺼이 그것을 받아들이겠다, 그러나 나는 안에서부터 조금씩 부서져갈 것이다……, 라고. '나'는 사랑하는 '너'를 비추는 카메라의 눈(Kino-Eye)이다. 그 눈동자는 구멍으로 무자비하게 쏟아지는 빛의 공격에 의해 정작 자신 안에서 일어나는 변화를 볼 수 없을 만큼 닳아버리고, 결국 '나'는 나를 제외한 너의 세계만을 망막에 남겨둔다. 그러나 결론부터 말하자면, 내가 너의 야생과 자연을 받아들이겠노라 작심하는 일은 접촉에 의한 파괴를 허하는 일이며 내가 수용한 것은 타자로서의 네가 아니라 너로 인해 변해버린 '나'일 뿐이다. 시공을 초월하며 자유롭게 세계를 촬영한다고 믿어 의심치 않던 카메라의 눈은 실상 스크린의 프레임 안에서만 해방되는 것이다. 무너져내리는 세계를 안정시키려는 이 눈은 파괴를 막기 위해 어떻게 대응할 수 있나? 온몸을 던져 너와 세계의 어깨를 진정시킬 때, 나는 무사한가?

수록된 소설 두 편은 카메라의 눈, 서술자의 시선을 통해 '나'와 타자가 맺는 관계의 내부를 당사자적으로 보여준다. 두 개의 서로 다른 시선을 자신의 것으로 장착할 때, 독자는 사건의 표층뿐만이 아니라 그 내부로 진입해 겉으로 보이는 것과 다른 희미한 섬뜩함을 감지한다. 가령, 「손님」에서 임신은 여성의 두려움만을 유일한 의제로 삼지 않고 「밤의 가스파르」에서 일어나는 방화는 공무원의 비어버린 개성만을 지시하는 데에 머무르지 않는다. 중요한 것은 "아무리 정밀하게 들여다보아도 알 수 없는 그 너머의 존재감"(37쪽)을 과시

하고 있는 무엇, 그러나 입을 열지 않고 있는 어떤 눈
—시선이다. 그것은 언어의 바깥에서 그저 살아갈 따
름이기에 우리는 이야기의 내부에서 시선을 몸으로 체
험해볼밖에 다른 도리가 없다.

이러한 차원에서 명학수의 이번 소설은 사건이나 인
물보다 서술자에 더욱 주목할 만하다. 소설 속 서술자
의 목소리를 자각할 때, 다시 말해 독자가 카메라의 눈
을 바라볼 때, 세계라는 절대적 차원은 부질없어지고
우리는 다만 그것을 바라보는 시선의 내부로 끌려간
다. 특이한 점은, 중심인물이 사건을 통과하고 나서도
변화하지 않는다는 것이다. 그렇다면 그의 소설은 알
랭 바디우적 의미의 '열림'을 거부하는 것일까? 이제
들어가보자, 시선 속으로.

2. POV〔나〕: 너라는 타자[1]

「손님」은 언뜻 내가 너를 사랑할 수 있는 가장 능동
적인 방식이 바로 너의 세계에 복종하는 것이라고 말

---

[1] 'POV'는 'point of view'의 약어로, 재현되는 텍스트의 시점 또는 관점을 뜻
한다.

하는 듯하다. 그러나 복종의 자발성이 주체의 욕망과 선택, 의지로 발생하더라도 그 형식의 자율성이 과연 세계의 안전을 전적으로 담보할까? 소설은 제목이 은 근하게 함의하는 바대로 '나'가 만나게 되는 타자에 관한 이야기다. 서로 사랑하는 두 남녀에게 나타난 아이는 그들이 사랑 속에서 경험할 수 있는 가장 타자적인 존재다. 삶에 끼어든 우연한 타자는 그들이 쌓아온 저간의 안정된 시간들을 모두 부수며 위기를 만든다. 「손님」은 커플이 계획하지 않은 임신으로 경험하게 되는 관계의 불안과 각자 다르게 감각하는 두려움을 그린다. 우울증 환자이기에 엄마로서 이미 자격 미달이라며 괴로워하는 여자, 그리고 그녀를 가장 가까이에서 바라보는 남자친구 '나'의 이야기다.

예상치 못한 임신과 우울증이라는 이중의 고난 속에서 여자친구 '해미'는 자신의 불안과 공포를 '나'에게 남김없이 휘두른다. '나'는 애인이 퍼붓는 부정적인 감정들 속에서 괴로워하거나 관계의 종료를 떠올리며 달아나려 하지 않고, 해미의 포악한 예민함이 오히려 자신의 탓이라고 차분하게 분석하며 더욱 세심한 주의를 기울이고자 한다. ("전적으로 내 실수다. 말을 좀더 가려서 해야만 했다."30쪽) 물론, 여타의 소설이 결혼하지 않은 여성의 임신과 그 혼란을 그릴 때 그녀가 겪는 모성과 정체성의 고민을 이 소설 또한 간과하지 않지만 독자가 보다 새롭게 집중할 만한 부분은 바로 '나'의 침착한 대응이다. 그는 최근의 섹스를 반추하다가 "하루에 두 번 한 건 그날이 유일"(19쪽)했다는 사실을 떠올리고 그들을 위기에 빠뜨린 이 타자가 언제 출현했는지 직감한다. 그와 해미의 세계를 파괴하려는 공포스러운 타자("얘가 벌써 내 몸과 마음을 지배하기 시작했나?" 26쪽), 일방적이고 절대적인 환대를 요구하며 그들의 문을 노크하는 타자의 두려움에 질식되지 않기 위해 차분히 사태를 분석한다. 고도의 집중력으로 발휘되는 그의 평정심은 해미가 쏘아붙이는 자기중심적인 감정과 대비되어 극도의 무심함으로 오인될 정도다. 소설을 읽으며 초점화해야 할 부분은 바로 이 남자가 보이는 덤덤한 반응이다.

독자는 소설이 제시하는 타자가 태어날 아이라고 무리 없이 읽게 되지만 '나'의 입장에서 아이보다 먼저 현전하는 타자는 해미다. 그녀는 '나'에게 가장 가깝고 친밀한 타자이며, 그가 아이를 받아들이는 과정은 그가 그녀를 받아들이는 과정 안에 포함된다. 그가 타자를 수용하는 과정은 결코 가볍지도 상투적이지도 않다. 가령, 해미가 자신이 좋은 엄마가 될 수 없을지언정 어쩔 수 없이 엄마이고, 따라서 '나' 역시도 '아빠'가 되어야 한다고 말할 때 그가 내보이는 반응이 그렇다.

> "너는 아빠잖아."
> "내가?"
> "내가 엄마면 너는 아빠지."
> 결국 내 실언의 칼끝이 나를 겨누었다. 그 순간 내 머릿속으로 수많은 아빠들의 얼굴이 지나갔지만 그들 중에 내가 되고 싶은 아빠는 없었다. 그렇다고 그들과 다른 나만의 아빠가 있는 건 더더욱 아니었다. [……]
> "뭐긴 뭐야. 네 남자친구지." (32쪽)

해미는 자신에겐 없(을)는 바람직한 모성을 '나'에게 있으리라 기대하는 부성으로부터 대리 충족하려 하지만 그는 섣불리 그녀의 결핍을 채워줄 수 있다고 선언하지 않는다. 그의 대답은 어떤 '아빠'가 되어야 하는 것인지 모른다는 정직한 시인이지 사랑의 결과를 책임지지 않으려는 회피가 아니다. ("우리는 이미 우리가 원하지 않는 길로 들어섰다. 문제는 이 길의 끝에 무엇이 있는지 해미도 나도 모른다는 사실이다." 34쪽) '나'는 최대한의 신중함으로 임하되 함부로 사랑하지 않는다. 그는 뒤이어 날아드는 해미의 이별 통보 역시도 곧장 상처로 수신하거나 아파하지 않고, 마치 처음 듣는 말이 아닌 것처럼 (아마 실제로도 그랬을 텐데) 냉정하고 차분하게 둘의 상황을 분석한다. '나'에게 해미는 아직 태어나지 않은 아이보다 먼저 태어난 아이와도 같다. 그는 상황이 던지는 불안이 둘의 관계가 애먼 방향으로 비약하거나 진행되지 말아야 할 경로로 진행되지 않도록 단호하게 매듭을 정리한다. ("안 돼." 34쪽)

내가 사랑한 타자는 그 사랑을 양분 삼아 서슬 퍼런 칼날을 손에 쥐고 나에게 돌진한다. 몸의 일부가 되도록 깊이 사랑한 것이 도리어 나를 해하려 달려든다. ("나는 해미를 사랑했을 뿐이야, 사랑에 빠진 것도 죄가 되니?" 16쪽) '나'는 해미에게 그럴 수 없지만, 해미는 '나'에게 무해하고 절대적인 사랑을 과감히 요구할 수 있는 타자다. 해미에게 '나'는 내면의 가장 아래에 도사리고 있는 불안과 우울을 거침없이 발사하며 감정이 제멋대로 흘러가도록 버려둘 수 있는 사람, 가장 친밀하고 가까운 애착의 대상이다. 해미의 타자('나')는 그녀를 파괴하지 않지만 '나'의 타자는 '나'와 세계 모두를 매순간 파괴하려 든다. 그래서 독자는 해미가 아니라 '나'의 시선 속으로 몰입한다. 우리가 궁금한 것은 시퍼렇게 날이 선 칼을 들고 달려드는 타자에 대하여 취할 수 있는 태도다.

한편, 소설은 준비되지 않은 상태에서의 임신이 자신들의 '죄'라고 단정하는 인물에 대하여 어떤 이견도 표명하지 않는다. ("죄를 지으면 당연히 벌을 받아야지. 우리는 행복하면 안 돼. 그러니까 헤어지는 게 맞아." 33쪽) 「손님」은 너와 나라는 개별자의 현실에서 자생하는 고유한 윤리를 살피는 일보다 그들 바깥에 이미 설치되어 있는 가족이라는 사회 공동의 형태와 도덕을 훨씬 더 중요하게 생각한다. '나'가 해미의 배를 만지며 "알 수 없는 그 너머의 존재감을 나는 확인하고 싶"(37쪽)어 하는 대목은 '나'가 애인의 임신이라는 돌발 사건에 대하여 자신의 내면에서 일어나는 변화와 감정에 주목하기도 전에 타자(아이)의 영향력에 잠식되는 것으로 읽힌다. 소설에서 '내'가 사랑한 타자들은 언제나 '나'를 초과하고 압도한다.

두 사람이 헤어진다거나 임신 중단을 결정하는 '불미스러운' 일은 발생하지 않고 이야기는 다행스러운 결말로 이어진다. 소설의 끝에서 '나'는 해미의 담당의에게 자기도 상담을 받아야겠다고 결심하는데, 아마도 자신이 '아빠'가 될 수 없으리라는 불안을 '아빠'가 되는 방향으로 전환하기 위해서일 것이다. 그런데 그의 작심이 실행되기 위해서는 "해미의 허락"(40쪽)이 필요하다는 것을 인지하는 목소리로 이야기가 마무리되는 것은 상당한 불안감을 조성한다. 독자의 마음에서 발아한 이 작은 씨앗은 시간이 지날수록 무엇인가 잘못되었을지도 모른다는 불길함으로 점점 피어난다. 만약 당신이 이러한 특이점을 발견하지 못하고 이 소설을 단지 여자친구를 진심으로 사랑하는 착한 남자의 작은 에피소드로 읽었다면 중요한 사실 한 가지를 간과한 것이다. 임신은 '나'와 해미가 일으킨 공동의 사건임에도 소설은 해미의 내면과 상태 변화에만 집중하고, '나'의 경우 그것을 어떻게 수용하는지에 관한 수

동적인 양상만을 살핀다. 요컨대 '나'가 임신에 대하여 갖는 감정과 생각에 대해서는 별다른 관심이 없다.

서사의 핵심 사건은 임신이지만 이는 단지 남자와 여자, 이성애적 관계에만 국한되는 문제가 아니다. 소설이 견인하는 문제의식은 재생산하는 이성애라는 구체적이고 정치적인 층위, 그리고 사랑과 타자성이라는 보편적이고 철학적인 층위 두 가지 모두를 관통한다. 가령, 예기치 않은 임신은 이런 질문을 함께 끌어온다. 사랑하는 두 사람 사이에서 한쪽의 타자성은 다른 한쪽에게 어떠한 방식으로 수용되는가? '나'는 아무렇지 않게 헤어지자고 말하는 해미의 말 너머에 숨어 있는 불안과 공포를 먼저 감지하며 그녀가 표현하지 않은 진심을 헤아리지만, 해미는 임신 소식을 들은 '나'의 마음을 어떻게 고려하는가? 그러니까, 이 시대의 바람직한 남성상은 파트너의 안하무인에 가까운 태도를 모두 받아주고, 자신의 의지와 선택까지도 그녀에게서 기꺼이 승인받아야 할 것임을 순순히 체화하는 자일까? 이 소설이 여성 인물의 격렬한 불안에도 불구하고 세계가 결코 무너지지 않으리라는 안정적인 예감 안에 무리 없이 자리할 수 있는 이유는 '나'가 애인의 기질과 마음의 진피까지 세심히 헤아리며 자신의 마음과 세계를 그녀가 원하는 쪽으로 수정해나가기 때문이다.

'나'는 파괴되기 직전의 세계를 안정시키기 위해 울부짖으며 달려드는 타자를 껴안고 잠재운다. 그것이 비록 '나'조차도 모르는 '나'의 무언가를 조금씩 갉아먹는다 할지라도 말이다. 타자의 칼날까지도 껴안는 것이 사랑이라면, 그런 사랑을 행하는 나를 안아줄 사람은 누구인가? 너와 세계를 위협하는 공포를 내가 받아들고 그것을 해결하려 할 때, 나의 공포는 누구에 의해 이해받을 수 있는가? 나 또한 이대로, 너처럼 파괴되지 않을 수 있을까? 말하자면, 나의 고유한 타자성은 너에 의해 어떻게 보호받을 수 있을까?

3. POV〔문학〕: 세계라는 타자

너무나 희미해서 마치 없는 것처럼 보이지만 소설의 끝에서 분명 감지되던 찜찜함—'나'는 과연 이대로도 괜찮은가, 하는 의심의 싹은 이어지는 이야기 「밤의 가스파르」에서 확실하게 제거된다. 「손님」에서 임신이 '너'와 세계의 파괴력에 대한 '나'의 능동적인 수동성, 또는 수동적인 능동성의 단초를 드러내는 사건이었다면, 「밤의 가스파르」에서 방화는 그 수동성을 극한으로 밀어붙여 능동성과의 대립 구도 자체를 파기하는 사건이 된다. 해미의 발화되지 않은 불안과 우울까지도 미리 감싸안아 사랑해버리는 '나'와 같이, 책을 진심으로 사랑하던 '밤의 가스파르'는 의자와 벽만 겨우 조금 태울 뿐, 정작 책을 불사르지는 못한다. 자신의 사랑을 누군가의 것과 비교하거나, 상대와 주고받은 것을 계산하지 않고 그저 사랑하는 자에게 유의미한 것은 오직 그 사랑 자체를 계속 유지하고 길러내는 일뿐이다. 그러나 그는, 사랑하느라 자신을 지킬 생각조차 하지 못한다는 점에서 매우 위태롭다. 명학수의 소설에서 카메라의 눈은 바로 그 지점을 겨냥한다.

한편, 일련의 사건을 겪고 나서 해미가 「손님」의 결미에서 집어드는 새로운 선택지가 다름 아닌 '쓰기'라는 것은 의미심장하다. 해미는 그간 일곱 편의 미완성 소설을 썼고 '나'는 그것들을 읽을 수 있는 지구상의 유일한 독자이다. 여태의 소설들을 완성하지 못한 상태에서 또다른 소설을 쓰겠다고 말하는 해미를 '나'는 타박하거나 한심해하지 않는다. 독자는 새로 태어날 소설을 그저 기다리고 또 기다린다. ("나는 소설인지 수필인지 알 수 없는 해미의 작품이 어떻게 끝날지 궁금했다." 39쪽) 이 독자는 「밤의 가스파르」에서 이름 없는 일반 독자(common reader)로 분한다. 「손님」에서 1인칭 '나'이던 서술자는 이곳에서 3인칭의 목소리로 '세계'라는 이름을 자처한다. 타자와 대면하는 세계는 '나'가 그러한 것만큼이나 하나의 주체다. 초점 인물 '홍주'를 비롯한 학교 내부의 어른들은 '가스파르'(일반 독자)와 대적하는 타자이자 '가스파르'의 외부에 놓인 세계 자체다. '나'와 타자의 관계가 읽기와 쓰기라는 문학의 차원으로 접속할 때, '나'의 외부 세계는 문학의 세계와 대적하는 또 하나의 타자가 된다.

　소설은 남자고등학교의 교육행정실에서 근무한 지 17주가 되는 홍주의 시선으로 전개된다.[2] 그는 공무원이 지녀야 할 미덕을 이미 잘 알고 있고 이를 성실하게

---

2) 「손님」에서 해미가 아이를 임신한 지 '6주'가 되었다던 것처럼, 홍주가 근무를 시작한 지 '17주'가 된다는 시간의 셈법은 두 서사의 핵심 사건인 임신과 방화가 동일한 층위에서 고려되고 있다는 방증일 수 있다. 두 사건은 '나'의 수동성을 비판적으로 타진하게 하는 서사적 계기가 되지만 '나'와 홍주 모두 자신이 타자와 맺고 있는 ('나'의 경우 해미와의, 홍주의 경우 공무원으로 일하는 자신의 삶과의) 관계를 깨지 않기 위해 자신의 태도를 바꾸지 않는다. 약간의 불안과 의심이 감지되지만 사건 이후의 시간 속에서 그들의 수동성은 오히려 강화된다.

체화하며 자신의 자질로 만들어가는 사람이다. 그는 할당된 업무와 공적 관계로부터 파생하는 임무와 책임을 초과하는 사적 관계와 감정을 도모하지 않는다. 예컨대, 방화를 저지른 유력한 용의자가 '가스파르'(도서관의 늘 같은 자리에서 책 『밤의 가스파르』를 읽던 남학생)라고 직감하지만 담임선생에게 의혹을 공유하거나 이름을 묻지 않는다. 그러나 이 소설에서 가장 몰인격적인 인물은 홍주가 아니며 오히려 교무부장과 도서관 담당 교사, 그리고 행정실의 다른 직원들이 더욱 그러하다. 요컨대 소설 속 세계는 문학(가스파르)과 그 바깥의 세계(학교)로 양분되며 홍주는 두 세계를 잇는 작은 점이지대다. 홍주는 공고한 이분법 사이에서 자신의 존재감을 과시하지 않고 미약하게나마 양쪽을 보는 인물로 소설의 눈, 카메라의 눈을 담당한다.

방화를 저지른 가스파르나 어떤 일이 일어나도 눈 깜짝하지 않고 관료제적 가치를 지향하는 선생들과 달리, 홍주는 방화 사건에 대하여 내적 동요를 겪는 유일한 인물이다. 그는 가스파르가 왜 책을 불지르지 않았는지 의문하고, 그가 읽던 책의 내용을 궁금해하며 찾아보는 등 사건이 자신에게 촉발한 물음을 외면하거나 부정하지 않는다. ("홍주는 이해가 가지 않는다. [……] 그 호기롭고 당당하던 태도는 뭐였을까? 그렇게 공격적으로 퍼붓던 분노들은 모두 어디로 가버렸나?" 71쪽) 학교 지침 때문에 도서관의 불을 켜지 못하고 어둠 속에서 우두커니 앉아 책을 읽던 가스파르에게 불을 켜주지 않은 것을 그는 후회한다. 후회의 필요조건은 성찰이다. 그의 후회는 자신과 세계 사이에 놓인 사건과 그 결과를 비판적으로 반추해보았음을 전제하고 이는 주체의 세계가 이전과 돌이킬 수 없이 달라졌다는 반증이 된다.

그러나 사건의 진실에 가까이 다가선다 하더라도 홍주가 가스파르와 외부 세계(학교)를 적극 중재하거나 행정직원으로서의 입장과 태도를 바꾸는 것은 아니다. 「손님」과 「밤의 가스파르」 모두 사건을 통과하는 인물의 이전과 이후가 극명하게 바뀌면서 세계와 인물의 내면 모두가 (그것이 성장이든 비극이든) 새로운 차원으로 나아가는 서사의 전통적인 형식을 거부한다. 사건이 세계를 아무리 뒤흔들려 해도 인물은 서사의 흐름이 담지하는 변화 속으로 들어가지 않고 세계의 원래 모습을 유지하기 위해 노력하고, 종국에 그들이 내

보이는 것은 다만 아주 약한 흔들림이다. 홍주는 관료제의 타성에 흠뻑 절여진 세계와 가스파르로 담지되는 문학의 세계, 그들의 충돌하는 대비를 독자에게 전달하지만, 삶은 바뀌지 않는(것처럼 보인)다. 그는 아침마다 우유 한 잔을 마시고 출근하는 관성을 매끈하게 유지한다. 사건이 마무리되고 소설의 말미에서 그가 입안에서 천천히 굴리는 딸기맛 사탕의 달콤함은 방화 사건이 세계의 항상성을 훼손하지 않았다는 확신을 굳히기 위해 홍주가 자신을 스스로 다독이는 일종의 마취제와도 같은 단맛이다. 마치 「손님」의 '나'가 상담을 결심하면서도 해미의 허락이 필요하다고 아무렇지 않게 되새겨보는 것처럼 말이다.

　「손님」에서 독자의 시선에 포착되는 명백한 타자는 아이였지만 '나'의 시선에서는 그보다 해미가 더 큰 타자였던 것처럼 「밤의 가스파르」에서도 그러한 이면의 입체적인 층위는 유효하다. 우선, 소설이 표면적으로 제시하는 대립은 문학 독자(가스파르)와 그를 둘러싼 세계, 무비판적인 관료제와의 관계만인 것처럼 보인다. 가스파르의 '밤'이 독자의 시간—비현실과 뒤섞이는 현실 인식 속에서 실제 현실을 비판적으로 조망할 수 있는 감각이 유동하고 열리는 시간이라면 (그 밤의 바깥이면서 이내 안이 되는) 학교의 '낮'은 그러한 밤의 격동을 잠재우기 위해 사력을 다하는 시간이다. 문학과 학교(세계)의 대립은 생산성과 비생산성의 대립으로 파악되기도 한다.[3] 그러나 이토록 명백해 보이는 구도 아래에는 좀체 눈치채기 어려운 의미심장한 관계가 하나 더 숨어 있다. 가스파르와 학교가 형성하는 이 항대립의 심층에는 홍주와 학교의 대립이 있다.

두 편의 텍스트가 형상화하는 세계가 임신과 방화라는 극적인 사건에도 불구하고 조금의 치명상도 없이 무던하게 유지되는 이유는 명학수의 인물들이 세계의 파괴자가 아니라 동조자(sympathizer)이기 때문이다. '나'(「손님」)와 홍주는 흔들리는 세계를 안정화하고자 애쓴다. 딸기맛 사탕을 입안에서 굴리는 홍주, 학교 도서관들의 실태를 바꾸고 싶지만 책을 너무

---

3) 가령, '가스파르'는 왜 수업을 듣지 않고 같은 자리에 앉아 책만 읽느냐는 홍주의 말에 "배울 게 없"(69쪽)다고 대답한다. 가스파르에게 학교에서 '생산'되는 배움은 세계의 변화를 기민하게 감각하고 그 흐름 속에서 열리는 일이 아니라, 오히려 조금이라도 열림이 감지되어 현재의 현상 유지가 파기될 가능성을 제거해버리는 폭력적인 '배움'이다. 그리하여 가스파르—문학과 독자의 세계는 현실이 무비판적으로 재생산하는 항상성과 가장 급진적으로 대적하는 타자가 된다. 그 역도 마찬가지다. 가스파르는 세계의 입장에서도 가장 유해한 타자다.

나 사랑하기 때문에 차마 책을 태우지 못하는 가스파르는 세계의 항상성을 지키는 수호자들이다. 눈앞의 타자를 온몸으로 사랑해 마지않는 이들에 의해 세계는 결코 유의미하게 파괴되지 않는다. 물론, 타자의 공격과 파괴는 유지되는 세계의 안정에 비례하여 지속되고 반복된다. 그들의 사랑은 떨어져나가는 세계의 파편들을 계속해서 봉합한다. 그러나 그들은 그로 인해 자신의 일부가 조금씩 파괴된다는 사실을 전혀 눈치채지 못한다. 카메라의 눈(Kino-Eye)은 자기 존재를 메타적으로 볼 수 있다고 생각하지만[4] 그 또한 어디까지나 스크린이라는 세계 안에서만 가능하다는 사실까지는 미처 알지 못한다. 그래서 「손님」과 「밤의 가스파르」의 서술자는 세계 자체를 파괴하는 데까지 나아갈 수 없다. 「손님」에서 희미하게 감지되던 불안은 「밤의 가스파르」에서 발휘되는 일상의 거대한 중력에 의해 완전히

---

4) "나는 키노아이다. (……) 나, 카메라 기계는 운동의 카오스 속을 지그재그로 항해하면서 (……) 인간의 눈보다 더 잘 바라볼 수 있는 기계의 도움을 받은 눈의 시점에서 삶을 있는 그대로 보여주었다." (지가 베르토프, 『Kino Eye—영화의 혁명가 지가 베르토프』, 김영란 옮김, 이매진, 2006; 이정하, "지가 베르토프의 '키노아이(kino-eye)'에 대한 인식론적 고찰", 『영상예술연구』, vol.15, 2009, 20쪽에서 재인용.)

진압된다. 가스파르는 조용히 자진 퇴장('자퇴')한다.

두 편의 소설은 세계의 바디우적 열림을 부인하는 것이 아니라 다만, 그 열림이 일으키는 파괴에 대한 응답으로 자신의 사랑을 최선을 다해 조용히 펼쳐두는 인물을 제시한다. 그들은 그러한 열림이 세계에 균열을 낸다는 것을 물론 안다. 그러나 그 균열이 그들 자신의 존재로까지 전이되고 있음은 아직 모르는 것이다. 부서지는 타자를 지켜내기 위해 제 몸을 모두 던지는 이들은 바로 그 사랑으로 인해 무언가를 보지 못한다. 제 몸이 부서지고 있는 것을 알지 못한다. 이곳에서 '카메라의 눈'은 사랑이라는 스크린 안에서만 유효하다.

*

POV〔동조자〕

다시 한번, 나는 너를 사랑한다.[5] 그러나 너는 나의 존재론적 결핍인가? 취약성인가? 그도 아니라면 나의 세

---

5) 이 글의 첫 문장.

계를 진두지휘하는 대타자인가? 사랑이 이 모든 것의 총합이고 너와 나의 사랑이 필연적으로 다른 크기라고 할 때, 누가 더 많이 사랑하는지를 알고자 한다면 누가 더 많이 부서지고 있는지를 헤아려야 할까? 관계와 일상의 유지를 위해 너와 세계를 대신하여 내가 소리 없이 부서진다면, 그것이야말로 너를 사랑하는 나의 일이라면 타자로서 나는 과연 어떻게 존재를 지속할 수 있는가? 나는 너의 파괴적인 사랑에 맞서 사건을 무사히 진압하고 봉합한다. 그러나 이제 나를 바라봐줄 이는 누구인가? 나를 사랑하는 이는 누구인가? 나는 볼 수 없다, 알 수 없다.

작가의 말

한강진역 1번 출구에서 2분쯤 걸으니 '페이스갤러리 (Pace Gallery)' 건물이 보였다. 그곳 2층에서 마크 로스코의 작품 여섯 점이 전시중이다. 나는 그런 사실을 이틀 전에 우연히 알았고 겨우 시간을 내서 달려간 거였다. 건물 1층에 노란 출입통제선이 길게 걸려 있어 다소 의아스러웠지만 전시된 어떤 설치작품의 일부인가 싶어 그냥 지나쳤는데 갤러리 입구에 가까이 가서야 그것의 진짜 용도를 알았다. 임시 휴관. 검은색 정장 차림의 젊은 남자와 젊은 여자들이 몇 명의 사람들에 둘러싸여 갤러리가 입주한 건물에서 예기치 못한 문제가 발생해 갑작스레 전시를 중단하게 되었다고 설명했다. 다음날부터 전시가 재개될지 여부도 불투명하다고 했다. 그곳을 방문한 사람들은 다들 실망한 기색이 역력했지만 차마 내색은 못하고 가벼운 푸념만 뱉다 돌아섰다. 출입통제선 근처에서 비를 들고 청소를 하던 나이든 직원에게 무슨 일이 있었는지 물었더니 아침에 불이 나서 소방차가 여러 대 출동하고 아주 난리였다고 알려줬다. 자세한 내막이 궁금해 검색해보니 기사 하나가 사고의 개요를 짧게 전했다. 오전 8시 8분쯤 건물 지하 1층에 있는 의류 매장의 창고에서 화재가 발생했고, 다행히 인명 피해는 없고, 전시중인 작품들에 직접적인 영향을 끼치지는 않았지만 모든 시설들을 점검중이라고 했다. 그날이 10월 24일이었다. 그리고 마크 로스코 전시는 10월 26일까지였다. 9월 4일부터 시작해 겨우 이틀 남은 상황이었으니 전시는 그대로 종료될 수도 있었지만 다행히 휴관 하루 만에 재개되었고 나는 그걸 순전히 마크 로스코 덕분이라고 여겼다. 그래서 재방문일은 바로 다음날이 아니라 마지막날이어야 했다. 마크 로스코 전시의 마지막날. 그게 화재라는 우연에 개연성을 부여하려는 나의 선택이었다. 어느 정도 예상은 했지만 그걸 훌쩍 넘어설 만큼 관람객이 많아서 기나긴 대기 줄에 합류하여 차례를 기다렸다. 내 뒤에는 서로 친구 사이인 젊은 여자들이 있었는데 그들은 지난여름에 다녀온 홍콩 여행을 회상하며 대화를 나누었다. 미리 골라둔 맛집을 찾아가다 길을 잘못 들어 엉뚱한 골목에서 한참을 헤맸는데, 구글맵을 아무리 들여다봐도 찾을 수 없어 포기하고 그냥 운에 맡기자며 밖에 내걸린 사진만 보고 괜찮아 보여 어느 낯선 식당에 들어갔지만 정말 끔찍한 맛이었다며 그 음식의 명칭을 중국어로 발음하며 웃더니 도대체 왜 갑자기 구글맵이 먹통이 된 건지 혹시 중국 정부의 통제 탓은 아니었는지 의혹을 제기하다 마치 저 대기권 밖에 떠 있는 중국 위성의 감시를 의식한 듯 목소리를 낮추었다. 그리고 입구에 가까워지자 그들은 대화를 멈추었다. 전시장 입장까지 20분쯤 걸렸던가? 나는 왜 기어코 마크 로스코의 그림을 봐야 했을까? 그가 스스로 목숨을 끊었기 때문일까? 자살은 곧 사회적 타살이나 다름없음을 설명할 때 로스코의 죽음이 대표적인 예시가 될 수 있으며 그 징후를 그의 작품에서 엿볼 수 있다고 주장하면 지나친 과장일까? 한 청년이 그림

앞에 서 있다. 오버사이즈 티셔츠에 트레이닝 바지를 입었고 신발은 삼색 슬리퍼다. 그는 팔짱을 낀 채 똑바로 서서 캔버스 위의 검은 평면을 응시하고 있다. 나도 옆에서 같은 그림을 본다. 하지만 청년과 내가 같은 걸 볼 리는 없다. 나는 화가의 붓이 남긴 흔적을 본다. 그의 터치. 거대한 화폭의 절반을 차지한 검정 안에서 꿈틀거리는 무수히 많은 검정들. 청년이 무얼 보는지 나는 모른다. 궁금해도 물을 수 없다. 여섯 개의 그림이 걸린 작은 공간에서 관람객들은 아무 말이 없다. 걸음을 옮기는 발걸음은 무겁고 발소리도 들리지 않는다. 가끔 누군가의 짧은 헛기침이 공기를 흔들지만 정적은 오히려 깊어진다. 나는 그곳에서 40분쯤 머물다 나왔다. 미련은 남았지만 더 오래 버티면 민폐가 될 것 같았다. 입구 앞에는 여전히 긴 줄이 2층부터 계단을 지나 1층까지 이어졌다. 1층 갤러리에는 '왕광러(Wang Guangle)'라는 중국 작가의 그림 세 점이 전시중이었는데 화재 때문인지 휴관이다. 잠긴 유리문을 통해 안을 들여다보니 불이 꺼져 어두운 실내에 작품들이 벽에 그대로 걸려 있었다. 왠지 모르게 쓸쓸했다. 쓸쓸함이 서성이는 낯선 공간이었다. 이틀 전에 설치되었던 출입통제선은 치워졌고 청소도 끝난 상태였지만 기분 탓인지 매캐한 탄내가 느껴졌다. 나는 커피를 마시기 위해 단풍이 반쯤 물든 가로수 아래를 걸어 앤트러사이트로 갔다. 에티오피아 예가체프 한 잔을 들고 2층으로 올라가 자리를 잡고 커피를 마시며 '왕광러'에 대해 검색했다. 페이스갤러리 홈페이지의 전시 안내 소개글에 이런 문장이 있다. "Inspired by a tradition from his hometown of Fujian, where elders annually lacquer their coffins in an act of contemplating of death, Wang's Coffin Paint series examines themes of life and mortality, capturing memories and intuitive emotions compressed within his pigments." 이걸 파파고로 번역했다. "노인들이 매년 관에 래커를 칠하며 죽음에 대해 생각하는 고향 푸젠성의 전통에서 영감을 받은 왕(Wang)의 관 페인트 시리즈는 안료 안에 압축된 기억과 직관적인 감정을 포착하여 삶과 죽음의 주제를 숙고한다." 이번 전시에 공개된 세 작품 중 두 작품이 '관 페인트(coffin paint) 시리즈'라고 한다. 나는 손바닥보다 작은 휴대폰 액정으로 그의 그림들을 본다. 그의 고향 노인들이 관에 래

커를 칠하며 죽음을 생각한 것처럼 왕광러도 캔버스 위에 물감을 한 차례 칠하고 그 위를 다른 색의 물감으로 덮고 그 위를 또다른 색으로 채우고 다시 또 채우기를 거듭 반복하며 죽음에 대해 생각했을까? 나는 그의 그림을 유심히 감상하며 관을 떠올린다. 내가 관을 직접 본 적이 있던가? 옆 테이블에서 젊은 남자와 여자의 목소리가 들려온다. 어디 갈까? 글쎄. 배고파? 조금. 뭐 먹지? 여기 괜찮나? 좀 먼데. 여기는? 그쪽은 지금 시끄럽대. 왜? 집회도 하고 행사도 하고 그런다던대. 그러네, 복잡하겠다. 행진도 할 예정이래. 행진? 응. 어디로? 거기겠지. 거기? 응, 거기. 그들의 대화는 거기에서 멈추고 침묵만 흐른다. 그러다 다시 휴대폰으로 뭔가 보여주고 함께 들여다보며 대화를 이어간다. 무엇을 먹을지, 어디에서 먹을지, 어느 쪽으로 갈지, 그리고 뭘 할지. 그들은 심사숙고한다. 나는 그들의 결론을 피해 자리에서 일어나 밖으로 나간다. 관을 본 적이 있는지 없는지 생각하면서. 건물들 사이로 뚫린 가파른 계단을 내려가 주택과 다양한 점포들이 모여 있는 동네로 들어간다. 좁은 골목에는 카페와 식당과 미용실과 온갖 세련된 숍들이 늘어서 있다. 오래된 건물과

단독주택을 보수하고 개조하는 작업도 분주하다. 많은 관광객들이 먹고 마시기 위해 줄을 선다. 두 손 가득 쇼핑백을 든 사람들. 한국인들, 중국인들, 일본인들, 태국인들, 러시아인들, 백인들, 흑인들, 히스패닉들, 히잡을 두른 여자들. 나는 그들 사이를 지나 구옥들이 빼곡히 들어선 주택가에 끝없이 이어지는 미로를 걷는다. 구글맵을 켜지는 않는다. 홍콩에서 길을 잃은 여자들처럼 기표와 기의가 쪼개지고 뒤섞이는 이미지들 속을 헤맨다. 작업중인 건물 주위에 둘러친 노란 출입통제선과 불길에 그을린 의류 매장과 반은 검정이고 반은 회색인 거대한 캔버스와 어두운 갤러리에 걸린 그림과 관에 덧칠을 하는 마크 로스코와 왕광러와 국적을 알 수 없는 다양한 인종의 외국인들. 나는 달아난다. 나는 미로를 벗어나 큰길로 나간다. 오른쪽으로 가면 다시 페이스갤러리가 나온다. 나는 그쪽으로 가지 않는다. 이미 지나온 길로 돌아가고 싶지 않다. 나는 한번도 가보지 않은 방향으로 걸음을 뗀다. 마치 파란만장한 서사의 당연한 결말처럼. 같은 쪽으로 걷는 사람들이 있어서 나는 안도한다. 갈수록 사람들이 늘어난다. 사방에서 한국어와 외국어가 뒤섞여 들려온다.

그들이 하나의 군중이 되어갈 즈음, 마침내 멀리서 이
태원역 1번 출구가 눈에 들어온다.

명학수
2018년 〈조선일보〉 신춘문예로 등단하며 작품활동을 시작했다.
소설집 『나는 친구네 집에 놀러갔다』 『말의 속도가 우리의 연애에 미친 영향』 등이 있다.

밤의 가스파르

초판 1쇄 인쇄 2024년 12월 13일
초판 1쇄 발행 2024년 12월 23일

지은이 명학수

편집 이경숙 정소리 | 디자인 윤종윤 이주영
마케팅 김선진 김다정 | 저작권 박지영 형소진 최은진 오서영
브랜딩 함유지 함근아 박민재 김희숙 이송이 박다솔 조다현 배진성 이서진 김하연
제작 강신은 김동욱 이순호 | 제작처 영신사

펴낸곳 (주)교유당 | 펴낸이 신정민
출판등록 2019년 5월 24일 제406-2019-000052호

주소 10881 경기도 파주시 회동길 210
문의전화 031.955.8891(마케팅), 031.955.2692(편집), 031.955.8855(팩스)
전자우편 gyoyudang@munhak.com

인스타그램 @gyoyu_books | 트위터 @gyoyu_books | 페이스북 @gyoyubooks

ISBN 979-11-94523-00-0 03810

이 책은 경기도, 경기문화재단의 지원을 받아 발간되었습니다.